戦前派の私が見た戦後派の安倍晋三と木村拓哉

村上十七
MURAKAMI Jushichi

文芸社

戦前派の私が見た
戦後派の安倍晋三と

木村拓哉

夢の中のようでもある？　……あの浅間山の麓にある北軽井沢の鬼の泉水というところに、私の安直な丸太造りの別荘があるが今は冬だから、その丸太小屋も径も枯葉に埋めつくされていて、寒風が通り抜けるたびに枯葉が舞い上がり、枯葉の上に落ちて、コリン、コリン、コンコリンと音をさせて転がっていくが、……時々、ドボッ、ドボッ、と妙な音も聞こえてくる。

それは枯葉の上に団栗《ドングリ》が落下する音に違いないのだが、私がこうして目を閉じると、寂寥感にすっぽりと包みこまれてしまって、二度とここから抜けだせないような不安な気持ちになるが、……閉じた瞼を開けて、暫く夜明けの薄闇を眺めていると肌が冷えてきたから、室内の暖炉の側へもどりたい気にもなるが、……そうそう、もしかして、この暗さというのは、あのメキシコ湾に突き出ているユカタン半島に、巨大な隕石が落下して粉塵を巻き上げ、長い間、地球にそそぐ太陽光を遮断してしまったから、えーとあれは、中生代三畳紀《さんじょうき》に出現したとおもわれている恐竜たちを滅亡させた暗さとはこんな感じで、太陽光を遮断したままで、なおも低温な、こんな薄闇が二年もの間つづいたらしいから、恐竜たちがほぼ死滅したといわれているのだが、……私は、ふと、そんなことを考えていたら、不安になってきて、目蓋が重くなり、ただ生き残りたいという一心で、……慌ててこの洞窟の底にもぐり込んで岩陰で息をひそめていたら、突然、岩壁に吊るされたランタンもどきの薄明かりが揺れて、岩天井から垂れ下がっているような石筍《せきじゅん》みたいに明るさを増したから、まるでエコハウスのような雰囲気を感じさせてくれてもいるので、ただただ、ありたがいことだとおもいつつも、地上では時々吹く強風が枯葉の埋まった径の上を、別の数枚の枯葉が転がりだして、コリン、コリン、コンコリン……と鳴っているだろうし、それに加えて枝から離れて落ちるドングリの音が、ときどき私の鼓膜で、ドシッと鳴ったりもしているから、気のせいか、……そう、その残響音がいつまでも消えない感じがして、鳴りつづけているような感覚がとれずにいたが、……おや、左手の岩壁で仄かに光っているランタンのような明かりがゆれたぞ?……私は確かに微妙にゆれるのを見たぞ！　あの明かりは、……多分、ソーラーパネルによる発電なのだろう、と私が考えたやさき、明かりの前を大きな黒い影が塞いだから、私は慌てて岩陰に身を隠して震えていたら、……毘沙門天の顔に似たラージマンが現れて、私の視線の先にある大きな脇息に似た岩椅子に、腰を下ろすと大声を放った。

「おい！　出てこい、そこのコワッパ！」と大声がしたから、私は恐る恐る這い出て、平伏したまま震えていたら、

「面相を見せて、名を名乗れ！」

とそのラージマンが命令調に言葉を放ったので、

「世部善人と申します」と私が震え声で返事をすると、

「ヨブ・ヨシト？　珍しい氏名じゃのう？　……謂《いわ》れ因縁があれば、申してみよ」

「あの……旧約聖書のなかに書かれてあるヨブ記のヨブに関係しているらしいことを、幼いころの私は、祖父から聞いたような覚えがありますが？」

「うむ、……佐藤、鈴木の氏名はよく耳にするが……ヨブは、世の中の世のことであるか？……ブは、役職名の部長の部と書くのであろう、な？」

「仰せの通りでございます、……それが、ですね……祖父の代までは寺山という苗字でしたが、えーと、……その故事来歴は知りませんが、明治の頃からか、苗字の呼称が、世部に変わったようでして、世部善人と名乗るようになったのだと聞いております」

「わしは、その謂れ因縁を、貴公に訊いておるのだぞ！」

ラージマンの声は、少し苛立ちをみせたが、

「その点につきましては、祖父からも父親からも聞いてはおりませんし、二人はすでに他界していますから、トンとわかりません」

私は冷や汗をかきながら、そう答えると、

「う……うむ、トンと……トンとわからぬか？　……キリストか、いや、釈迦牟尼世尊《しゃかむにせそん》の趣もある、なんとも珍しい苗字であるわい！　……さすれば、ヨシトというのは、善の人と書くのであろうかな？」

「仰せの通りでございます」

ラージマンの顔は、恐ろしくて見たくないし、私は平伏したまま返答をしたら、

「このわしに、貴公の面をみせてみよ！　面を見んと、ヨシトつまりゼンニンの名にふさわしいか、否か、判断がつかんわい！」

私がおもむろに顔を上げ、恐る恐るラージマンさまを見あげると、

「おーお……おや？　お前の父親は、中野学校の出身であるか？」

「いいえ、栃木県さくら市の出身であります」

「お前は、わしの問いに答えておらんぞ！　……わしが聞いておるのは、だな？　インテリジェンス・スクール、つまり元帝国陸軍の特務機関であった陸軍中野学校の出身であるか、否かを、わしは貴公に聞いておるのだ！」

「私には、言葉の意味がトンとわかりません。ただ、父親は寅年生まれでして」

「ほ、ほー、……あの俗に千里行って千里帰るという、十二支の寅年のことであるか？」

「はい、仰せの通りでございます」

ラージマンさまは、後ろをふり向くと、いきなり大声を発した。

「おーい、運んで参れ！」と後方の闇へ叫ぶと、ほどなく大型パソコン風のものを、黒衣をまとった屈強な男二人が担いで現れて、ラージマンの傍に据えつけはじめた。

私は（ほ、ほー？　こんな大型テレビ風のものを、どうやって、この深く曲がりくねった洞窟の底のこの広場まで、運び込んだのだろうか、と一瞬、考えたが、分解して運んできて組み立てたのだ、とすぐに得心して、……そう、電源のほうは？　……そうか？　裏山の南面のどこかに秘密裡に設置してあるソーラーパネルで太陽熱を収集して、タービンを駆動させて、太陽熱発電をチャージおき、それを使っているのだろう）と、私が納得したとき、巨大なパソコンの据え付け作業もおわり、黒衣の長身の男の方が、

「大王さま、誰を調査なさいますか？」というと、つづけて別の黒衣の男の方も、

「お急ぎでしたら、小生もお手伝い致します、が？」との声がして、

「世部善人という者の行状と家系を調べてくれんか！」

とラージマンが声を放ったのを、私は聞き、ふと、その背後を見たら、ツララみたいに

光り輝くいくつかの鍾乳石もどきの明かりが、私の目に映り、あまりの神々しさに背筋にゾクゾクと感動が走った。

大型パソコンの設置も終わり、長身の方の黒衣の男が、

「ヨブは、ここです」

とパソコン画面を指差した。

「ご苦労。貴君らは、ひとまず下がっておれ！」

そう、ラージマンが言葉を放つと、二人の黒衣の者たちはおもむろに奥の闇へ去っていくのを、私が眺めていたら、巨大なパソコン画面を見ていたラージマンさまが、いきなり厳かな口調で私に向かって、言葉を放った。

「貴殿の父親は、満州事変と支那事変との二度も、出征しておるが、よくもまあ、無事に日本本土に帰国できたのー？」

「（私の実父のことなら臆せずに、返答ができるとおもい）大王さま、テレビ画面に表示されているこの過去帳の記載通りでございまして、……父は若くして運転免許証を取得しておりましたから、輜重兵《しちょうへい》として戦地へ赴き、満州事変では無傷で帰国しましたが、日中戦争では運悪く、敵地で八路軍の攻撃に出遭い、左肩甲骨の下を背後から弾丸を受けた

のと、左の足脛膝に受けた擦過傷の失血止めをして、なんとか本隊に戻ったそうですが、戦地での弾丸摘出手術は困難ということで、本籍のある宇都宮の陸軍病院で背中にめり込んだ弾丸の摘出に成功しまして、破片はまだ残ったままですが、特段、命に別状はないとのことで、東京府赤坂区青山南町二丁目の自宅に帰宅できたのだ、と父親から直に聞かされたことがあります」

「そうか、そうか……ところで、お前の大伯父にあたる村上二郎殿は、日露戦争の際、乃木将軍の白襷隊《しろだすきたい》に志願して、勝利した一人でもあったからだろうか、金鵄《きんし》勲章を授与されておるではないか！……おおー、これは、これは、稀にみる愛国心の強い行動であるわい！　……このことは貴殿の血筋が、血筋にもいろいろあるが、このようにお国のために勇める血筋は、わしも寡聞《かぶん》にして知らなかったぞ！」

ラージマンさまは大声を吐き、しばらく考えてから、岩壁に吊るされた小さいランタンの明かりを揺らせて立ち上がると、こういった。

「世部善人よ、このコロナ禍を尻目に、ウクライナでは共産主義国家のロシアとウクライナ軍の民主主義国家が英・米・独・仏などの応援を受けて、目下戦争中であって、一年以上も経過しておるのが、……最近ではロシアが原子爆弾の兵器を使用するとか、などといったりして、予断を許さぬ一触即発の危険な状態ではあるが、これから先もこの非常事態は、当分の間つづくであろう、……世部善人よ、貴公はここでしばし憩うておれ、……わしは別件の宗教と政治スキャンダルやら、霊感商法などの調査で多忙を極めておるから、これにて失礼をいたすが……そう、薬膳の粗末な食事ではあるが、貴公へすぐに運ばせてやろう！　……それに、地上の現況を知りたければ、このスイッチ操作でパソコン画面からテレビの報道画面に切り替えて観たらよかろう、……よろしいか、な？　……それにだ、ロシアのプーチン大統領は、日本の戦国時代の武田信玄並みに、三人とも五人ともいわれる影武者がいるらしいから、要注意であるぞ！　よろしいかな？」

そう言葉を吐くと、ラージマンさまが八手もどきの手で、パソコン・スイッチを、この私に手渡してくれてから、背後の闇の中へ大股で消えていくのを、私は目視しながら、（影武者？　とは、オドロキだが、……なんと温もりのある、奇々怪々な体験を、この私はしたのだろうか、……いや、今、しているのだろうか？　……毘沙門天似のあのラージマンさまとは、一体何者なのであろうか？）と私は内心で呟いた。

＊

私がスイッチを入れると、大型画面に映る報道番組で、地上の日本列島各地での新型コロナウイルス感染者に関する説明をアナウンサーが、「コロナの重症患者が医療センターに溢れ返っています」と報じているが、……私自身はいつまでこの洞窟の底に籠っていなければならいのだろうか？　……いや、違うぞ！　私が、地上へ這い出る決心をいつしたらいいのか？　これから先、いつまでも不安に慄《おのの》いていて、この秘密の洞窟の地底に閉じこもっていたら、……そう、あの井伏鱒二の小説『山椒魚《さんしょううお》』にでもなりかねない、と私は不安に駆られたが、……地上のコロナ禍の現状のテレビ・アナウンサーの解説が、何とも暗い内容だったたし、強制的にマスクの着用を区役所も政府も勧めているという現況説明があったのちに、ウクライナ軍とロシア軍との戦いへと、ニュース・ワイドショーの司会者が話を振ったところで、私はパソコン画像の電源のスイッチを切ったのだった。

それは、軍事評論家、大学教授、番組レギュラーの解説者の内容が、大同小異だったかからでもあるが、……そもそも、共産主義国家と民主主義国家の代理戦争などではなく、民主主義国家と共産主義国家との真の戦い（＝ハルマゲドン）は、一体、いつ始まるのだろうか？　……現在はまだロシア軍とウクライナ軍（支援国・英、仏、独、伊などに支えられている）の戦いではあるが、……なんとか、停戦に持ち込めないかものかと、第二次世界大戦の経験者でもあり、卒寿過ぎの私は、ハラハラしながら生きているが、……もう充分すぎるほど生きてきたから私の腹は据わっているが、……いや、まだまだハルマゲドンの戦いは先のことだ、と信じこみたい気もあって、……それはつまり、私がこれから先も生きのびたいという願望があるからだろうが、……しかし、仮にそうなったとしたら、一体どんな明るい未来が訪れるのだろうか？　などと考えていたら、……いきなり、巨大なパソコン画面が、コリン、コリン、コンコリンと鳴り出して、……その枯葉の摩擦音につられて、題名『戦前派の私が見た戦後派の安倍晋三と木村拓哉』の原稿執筆中の私自身が映し出されたから、私はすでに地上にいるに相違ないと、改めて信じることができたのではあるが、まだ、かすかに私の鼓膜で鳴りつづけているコリン、コリン、コンコリンという枯葉音のオノマトペは、……冬の北軽井沢の鬼の泉水という私の別荘でいくども耳にした音に違いないし、それも冬景色のこの枯葉音が、いま、遠くなっていくのを聞き、私は、自分自身がパソコン机にもたれて、うたた寝していていたのに気づき、……今なお、ちょっぴり頭脳にシビレが残っているから、それを私は振り払うように立ち上がり、頭を三度ふってから、また座ったのだが、……そう、二階にあったこのパソコン机を応接間に移動したのは、古老の私が階段の上り下りが体力的に辛くなったからであり、ソファーをベッド代わりにしているのも同じ理由であった。

いま、この応接間のカーテンを開けてみたら、……どうやら、この地上の朝は、まだ薄暗く、今日も陽光のない憂鬱《ゆううつ》な日のはじまりのようだから、私は再び重苦しい気分になり、傍にある小型テレビのスイッチを入れてみたら、ニュース番組で気象状況を告げていて、「早くも日本列島は西高東低の気圧配置に変わり、木枯らし一号が吹き荒れ、街の歩道の落ち葉を舞い上げている」などと報じていて、私の気分もなんとなく暗く重苦しいのだった。

それは確かに太陽光を浴びないせいに違いないのだが、私の気分は鬱気味で、無為に時をすごしてしていたら、午前十時過ぎに、二十二歳になる女子大生の時恵という姪っ子が、卒業を断念するか、それとも一年留学するか、それを苦悶中なので、この私に相談に乗ってもらいたい、といきなりの来訪だったが、私は会うことにした。

「……ウィズ・コロナの日々がつづき、バイト先は首になるし、大学は休講ばかりなのよ、……そう、それで、おもい切って退学したほうがいいか、どうかについて、お知恵をお借りしたいのです」

マスクをした若い女が、女性ホルモンをプンプンさせて、この古老の私に訴えにきて、「都内はオミクロン株に加えて、インフルエンザの予防注射をするとか、しないとか、自宅でも両親の口論がうるさくて、時恵は困っておりますの、どうしたらいいでしょうか?」

「そんなヤボ用で、私の仕事場を荒らしにくるなよ、時恵君!」

「そうよ、……それぱかりか、実は、親しい学友と大学の図書室で、日本の近未来のことで口論になり、……ロシアのプーチン大統領の汚い爆弾のことが話題にもなったりして、……そ、そう、それから、北朝鮮の大陸間弾道ミサイルの発射などを連日、新聞やテレビで騒ぎ立てたりしているから、そう、そんな暗いニュースばかりを、時恵も学友たちも連日見聞きさせられているせいか、とうとう私の気分も鬱気味になってしまい、……どうしたら、いいでしょうか?」

「そんなつまらん話を、九十三になるこの古老に、聞かせにくるなよ、時恵君!……それに、君に、ハッキリといわせてもらうが、こんな地球の終末期ともおもえる時に、のこのことやってくるなよ、失礼だぞ、……わしは忙しいのだ!……頼むから、ソット、ソットしておいてくれよ、……いま、私は自分の人生を締めくくる創作で、多忙なのだ!」

「その意気込みはご立派!時恵はやっぱり、叔父の謦咳《けいがい》に接してよかったわ、……だって、学友たちもハルマゲドンが近い、などと大学の教室で煽ったりするから、私、不安で、

不安で、……そうですか、叔父も地球の終末期が近いと、そうおもいになりますか？」

「ああ、思うね……ところで時恵君、君は何学部だったかね？」

「文学部で世界史を専攻しております」

「そうか、そうか、そうだったな？　……だったら、この現況を、緻密に分析してみなさい、きっと、ハルマゲドンの戦いに行きつくはずだぞ、……それに東北で頻繁に地震が起きているが、日本列島はだ、な、太平洋プレートが活動をはじめたためか、地震、津波、活火山の噴火、台風、……それにだ？　ロシア軍のウクライナ攻撃は激しくなるばかりだし、ハルマゲドンだ、ハルマゲドンだと、騒ぎ立てるタレント評論家も今は少なくないからな」

「そう？　……そうですか、本当にそうですかね？……ですから、そうなのでしょう、ね？」

とぶつぶつと呟き、時恵は暫く無言で口を閉ざしていたが、

「あ、いけない！　私、叔母さんへの……母からの伝言をすっかり忘れていたわ」

そういい残すと、時恵は、私の応接室兼仕事場から慌てて立ち去ったので、私は一息入れて、……なんとかもう一度モチベーションを高めて、卓上のパソコンと再び向かいあったが、一字も打つ気になれなかったし、……それは、そもそも今朝を重苦しい曇天で迎え

たからでもあるとはおもうが、時恵奴《め》のいきなりの来訪に、創作意欲を削がれたことが大いに関係していて、この苦々しい想いをしている鶴髪の私の面相を見たら、人さまはきっと不愉快な気持ちになるだろう、などと気にしたりして、……そう、それに加え世の中はすでに晩秋の神無月を迎えてもいたから、応接間兼パソコン机を置いた仕事場で、いや、いや、それだけではなく、私が創作中の原稿そのものも難航しているせいもあってか、それが憂鬱の主な理由といってもいいが、……卒寿過ぎの私が、今さら恋愛物語などの創作で、自分の人生を締めくくることなどは噴飯ものでしかないし、……などといろいろ考えあぐねた末、テーマが、表題通りであったのだから、これは宿命と考えれば諦めもつくし、自分自身も納得がいくし、気分も冴えてくるようだが、……おや？　またまた、コリン、コリン、コンコリンの音が私の耳の奥で聞こえてきたからか、たった今、私の頭によぎったのは、極秘の洞窟の深い底にある大型パソコン画面を観ているのは、ラージマンさまとしか考えられないから、地上の仕事部屋の私を観察しているみたいな奇妙な気持ちになり、……それには捉われずに手元にあるスクラップ帳の朝日新聞の記事をみた。

――政治とテロリズム――２０２２年７月９日のインタビュー記事で、御厨尊氏談を見たところ――日本の歴史を振り返ると為政者の暗殺事件が、６４５年に蘇我入鹿が暗殺されたことで起きた大化の改新、鎌倉時代や戦国時代、幕末などにも、その後も、日本列島では、テロリストによる政治体制が変えられる事件がしばしば起きているし、近代にも、初代首相の伊藤博文暗殺、昭和初期の226事件、515事件などが——記述されていたが、……そもそも私自身が生まれたとき（1930年7月18日）の時代背景は、一体どうだったのかを知りたくなり、必死になって当時の新聞を探しつづけていたら、幸運にも神田神保町の古本屋（＝映画や雑誌の専門店）で手に入れることができたのであった。

＊

それは、三〇〇号突破記念号の東京朝日新聞であったが、いま、手許にあるから広げて見ると、……表面記事は主として広告ばかりで、大見出しには、婦人画報大増頁断行！定価据置、矯正による美人製造講座あり、プロレタリアと日本の財政、両親のための一般心理学、史的雄物論入門、動きゆく臺灣、切支丹伝道の荒廃、の文字などが踊っているし、……二頁の見出しを見ると、本年度實行予算、節約六千三十萬圓、世界人の横顔（6）ムソリニ首相の力で大ローマの再現、横山大観氏語る、東郷元帥依然強硬・海相の処置に不満、東京市の新増税案漸く認可に決定す、日米対抗水泳・来夏開催・オリンピック前衛戦

など で、……三頁は関税著しく減収、製糸女工解雇に手当不払い、上海の輸出入・上期著しく振るわず、カニ工船を頻《しき》りに圧迫、東電電灯料を引き下ぐ、皮膚病にタープ水の広告が目立つ、……五頁には『闇を貫く』(27)沖野岩三郎作の小説の掲載、その他は仁丹、赤玉ポートワインの広告が目を惹く、……六頁には注目する記事無し、『恋を忘れた女』広告の曾我廼家五郎全集・壱圓五拾銭・第一回配本全国書店にあり、……七頁では中央の広告に産業合理化全集(高橋亀吉著・第一回配本中)が目を惹く、……九頁は、読むべき記事はないが、ほぼ中央の広告・『巨人東山満翁』・(藤本尚則氏著・山水社書房)が目立つ、……十頁では大きな広告・『ヘチマコロン』(純国産)の海水着姿の女性(＝画)が断然目につく、……十一頁では、「世界を三ツとびに・空前の早回り壮挙の大飛行上る米国飛行家のショウト氏、続々計画する、税金の月賦、支那の洋服法度(またまた訓令を発す)とあった。

＊

私の、この古い朝日新聞の読後の感想は、日中事変勃発の予兆を感じてならなかったし、これが正しく私の生まれた時代背景(＝当時の東京朝日新聞の記事)そのものであったから、私は少なからずショックを受けたのだが、……それが引き金となって突然、当時（＝昭和5年のころの）、金盥《かなだらい》に浮かぶ乳児の私の写真があったのを想い出したりして、それからさらに、私が幼かったころに住んでいた、東京府赤坂青山南町二丁目の自宅で体験した226事件やら515事件などが私の頭に、にわかに蘇ってきて、高齢の私の甲状腺を刺激したせいか、いっとき、古老の私は息苦しさを覚えたが、……それでも、私は執筆中の原稿を書き進めようとパソコンに向き直ったら、……この姿そのものも、きっと洞窟の地底にあるラージマンさまの大型テレビ画面にも同時に映り出されているのだろう、などと考えると、なんとも不快な感じがして、無意識に私の指がパソコンのメールをクリックしてしまい、……突如、おもいがけない友人からのEメールが届いていたのに気づき、……それを読むと、発信者は東條英機首相はじめ、多くの陸海軍の軍人を輩出している青山小学校出身の同級生の読書家の親友からであった。

その彼は墨田区で耳鼻咽喉科病院の医院長を長年やっていたのだが、引退して今はのんびりと年金生活に入ったから、おもいついたらしく、「この本は、君の創作に、いつかきっと役に立つことがあるかもしれない」と丁寧にメモまで入れて、ゆうパックで発送してくれた本の題名は、『他作ナカリシヲ信ゼムト欲ス』という文春の単行本であったのだが、私自身はその本を知らなかった訳ではなく、買いそびれたのは事実であるから、彼の友情に感謝しつつ、……早速それを読了して、すぐに感謝の気持ちのメールを送ったのだったが、……そう、その本は私の閉塞感とか憂愁感ともいえる鬱に似た心理からぬけださせてくれるほど、迫力のあるドキュメントであった。

……（なぜ、著者の、しかも民間人の京都産業大学教授の若泉敬氏を、沖縄返還交渉の密使などに起用して、そのうえ、ヨシダというコード・ネームまで使わせて、岸信介の実弟の佐藤栄作総理は、閣議をまったく無視して沖縄返還交渉に当たらせていたのだろうか？　私は非常に驚いた）……だが、しかし、外交交渉は駆け引きであるし、戦勝国のアメリカ合衆国が、それも自国の多くの将兵たちの血を流させてまで手に入れた沖縄を、敗戦国日本の言いなりになって、オイソレと返還するわけがないだろうし、……だから、ニクソン大統領は、選挙公約の繊維問題などを持ち出して、沖縄返還交渉とはまったく関係のない内政問題で、佐藤栄作総理を追い詰めて、強引な取引をして、利益を得たのは米国だけだったともいえるし、私には米国の傲慢さが強く感じられてならないのだが、それは戦勝国にしてみれば至極当然のことなのだろうし、……だがしかし、第二次世界大戦で、敗戦国のドイツやイタリアは、粘り強く米国と交渉を重ねつづけて、戦勝国の米国との悪条件を改善しつつあるのに比べれば、日本国の歴代首相は改善交渉すらやる気配が見られないどころか、すでに放棄しているのではないか、と私は勘ぐりたくもなるのである。

私のスクラップ帳をみると、第57回の衆議院予算委員会で、社会党書記長・成田知己の質問に当時の佐藤栄作首相が答弁をしている、とあったが、どうしたことか、その先の記事が欠落していたから気にしていたところ、朝日新聞の朝刊の広告欄を見て、そのことが掲載されているらしいことを知り、それで近くの書店で週刊朝日を購入して、読んだことを思い出したので自分の手控え帳を見てみると、……沖縄返還38年目の真実――沖縄返還――核持ち込みの密約はあった、と谷内正太郎・政府代表が語るという記事を見て、私はまたまた驚いたのだが、やはり色の濃いサングラスを掛けて、黒いレイン・コートを着た密使の若泉敬が、ヨシダというコード・ネームを使ってホワイトハウスに潜入し、キッシンジャー大統領補佐官と秘かに密談している光景が、私の頭ににわかに浮かんでくるのであった。

そうそう、岸信介総理内閣のときの安保闘争で、大勢の学生や運動員らが国会の正門から押し入り、議事堂を取り巻き、「安保反対」と叫びつつ、日本戦後史最大の国民運動である60年、70年の安保闘争を私はすぐに想いだすことができるが、……いや、それはそれとして、日本国の北方四島を強引に奪い取ったソ連に比べれば、雲泥の差であるが、……そうはいっても、一日も早く米国に対してNOといえる真の独立国家の日本になってもらいたいものだ、と私はかねがね強くおもってもいるし、改めて日本の総理の度量とは、この程度なのかと嘆かずにはいられないのだ!

いや、それのみか、「持たず、作らず、持ち込ませず」の核三原則の提唱者であった当時の佐藤栄作首相が、米国と核持ち込みの密約までしていたというからオドロキでもあるし、その上、何食わぬ顔でノーベル平和賞まで受賞してしまっているのだから、当時の元総理自身は、如何なる心境であったのだろうか? ……このような史実の経緯を知ると、私自身はなんとも理解しがたく、さらに苦悶するから、胸を締め付けられるような気分になり、……そう、まるで魑魅魍魎《ちみもうりょう》の伏魔殿にでも押し込まれたような気がして、……暫くの間、私は瞑目していたが、……いきなり、予約なしで新興プロダクションの若手の経営者の強引な来訪があったので、渋々、私は応接室兼パソコンの仕事場に通してやり、……この沖縄返還交渉のいきさつを、かいつまんで話してやったところ、……「あ、あ、おれ、ノーベル平和賞にパニクッたぜ!」を連発しながら逃げ帰ってしまったので私は気抜けしてしまった。

＊

そう、それよりなにより、あの岩窟の底にある巨大なテレビ画面にも、隠されたカメラで自動的に、今現在の己の苦々しい顔が映しだされているに違いないと想像すると、私は落ち着きをなくして目を閉じたのだが、……逃げ帰ってしまったプロダクションのあの若い経営者の行動をどう理解したらよいのか？　……などと考えていたら、古老のこの顔が、岩窟にある巨大なテレビ画面に映し出されているかも、……と想うだけで、いや、こんな苦々しい顔など誰も見たくはなかろう、とおもうし、……早朝からパソコン画面で創作活動をつづけていたから、私自身が少し疲労気味だったことに、改めて気づき、目を休めるべくいつも通りに、空に浮かぶ雲でも眺めたりして、気分転換を図ろうとしたのだが、空は生憎曇天なので、それは諦めざるを得なかったのだが、……しかし、仮にもし、岩窟の底に居つづけなければならないとしたら、多分、運動不足で、ヨタヨタ老人になって遂には、岩窟の片隅で呼吸のみしている老体になっているかもしれない、などとマイナス思考ばかりに襲われて、とうとう私は、自身が不安と恐怖に脅えるだけの古老におもえ、無意味な動作と疑いながらも、しばらく目を閉じていたが、再び目を開けると、おや？　画面が変わっていて、映し出されたのは朝日新聞のテレビ欄そのものであり、それは私の右手に置いてある新聞のテレビ欄そのものと同一であったから、私はびっくりした。

＊

・4チャンネル：ミヤネ屋　総力取材 木村拓哉ついに岐阜に　厳重警戒中パレード
・5チャンネル：グッドモーニング　木村拓哉…信長まつり、羽鳥慎一モーニングショー岐阜市に木村拓哉が！　大興奮の現場徹底密着、抽選64倍落選者も結集　急遽歩道解放で混乱、歓喜の沿道緊迫の警備
・6チャンネル：THE TIME,・ひるおび　来場62万人の信長祭り　木村拓哉の登場で大盛況
・8チャンネル：めざましテレビ

などの在京の民放4局（テレビ東京を除く）が、一斉に岐阜市の信長祭りを放送する番組表（＝朝日新聞のテレビ欄）であったからである。

＊

私はこの「ぎふ信長まつり」の行列をテレビ朝日の中継映像で、観賞していて、……そう、馬上の木村拓哉君が織田信長役になりきっている表情を観て、私は歓喜しつづけていたし、なんとも惚れ惚れする木村拓哉の織田信長が、馬上から扇子を手にして、左右の沿道に詰めかけた市民にエールを送る雄々しい姿と表情に魅了されて、私自身は暫くの間、織田信長祭りに酔わせてもらったのだが、……そう、それは一キロほどの馬上の行進にすぎないのに沿道を埋め尽くした人々や、幾つかのビルの窓からも身をのりだした観客やファンたちからも掛け声がかかり、それに応える木村拓哉（＝織田信長役）の馬上の陣羽織姿がなんとも雄々しかったたし、それに応える織田信長に扮した馬上の名優・木村拓哉が、演技をしながら通りすぎてゆく姿が、あまりにも凛々しくて、私はすっかり魅了されてしまって、……そう、沿道の観客たちとともに私はすっかり我を忘れて、観つづけたのだった、……ああ、なんと感動的な……、これほどまでの感動的中継放送を私は観たことがないし、感動したこともないが、卒寿過ぎの私は、すっかり酔いつづけ、その感動の余韻がいつまでもつづき、……あ、あ、生きていて良かった、と私はしみじみとおもったのだった。

後日の記事（＝朝日新聞）では、「祭りの木村拓哉　ウラ路地厳戒警備　46万人集合の舞台　岐阜歓喜！　信長まつり木村拓哉らが武者行列」など、と書かれてあり、民放4局のテレビ欄が、木村拓哉の氏名のみで、新聞のテレビ欄を埋めつくしていたし、行進そのものも成功裏に終えたことが、なによりも私は嬉しかったのであるが、……不意に私は、木村拓哉の妻（＝タレントの工藤静香）の日々の夫への貢献が偲ばれてならなかったし、いうにいわれぬ彼女の、いや、家族全員の献身的な協力があったからこそ、名優・木村拓哉をより一層、国民的な名優に押し上げているのだといっても言い過ぎにはならないだろう。

＊

さて、私自身の略歴にふれると、日大芸術学部を卒業後、大映多摩川の撮影所の特殊撮影課に入所したのちに、NET（＝テレ朝）の開局時から数々のテレビドラマの演出に携わったのち、財団テレビ（＝テレ東の前身）の開局という二つの開局に関われたことは、男冥利に尽きる話である。

なお、木村拓哉君のことでつけ加えると、私自身と家族全員（妻、長女・史、長男・大と嫁・裕子）が、名優・木村拓哉の熱烈なファンであるばかりではなく、……グループ・SMAPの一少年として舞台に登場して以来、熱烈なファンだったたし、ことさら私の長女（史＝ふみ）が、舞台公演、テレビドラマ、映画、ラジオなどの出演、歌手としても、俳優としても、観つづけてきているのだった。

今回の織田信長役の木村拓哉君ほど新聞のテレビ欄を賑わせた記事（＝実話）を私は他に知らないし、デビュー以来、木村拓哉の多くの舞台やテレビドラマでの高視聴率の実績などを考えると、私たちファンは、すでに国民的男優（木村拓哉君は、１９７２年11月13日誕生、血液Ｏ型）として認めている証左であるといってもいい、と思うが、……そう、たんなるファンの昂る心理面だけではなく、その証拠に、岐阜の「ぎふ信長まつり」では、織田信長に扮した木村拓哉君の馬上の勇姿の一キロ余の行進を一目見ようと、46万人もの市民が、その沿道に詰めかけた事実を知っても、このコロナ禍の曇りっぱなしの日本人の気持ちを、何と明るくしてくれたテレビ中継の放送であったことだろうか！（因みに後日知ったことだが、ブラジルの国民的英雄である、あのサッカーのペレ氏の葬儀には、沿道見送り人が36万人集まった由）……私は木村拓哉君に感謝の気持ちでいっぱいだったたし、家族ともども歓声をあげたし、……長女の史も、妻も、私も歓喜のあまり目が潤んでいたことを忘れてはいない。

もう一度、振り返ってみると、……当日は雲一つない日本晴れの好天気であったのは、なんとも喜ばしいことであり、岐阜市の織田信長まつりが、成功裏に終えたことを私はテレビの実況放送を観て知り、コロナ禍の私たち日本人の暗く滅入った気持ちを、雲一つない日本晴れの気持ちにしてくれたことは、何物にも代えがたい喜びであったし、さらに付け加えるなら、その後、経済効果は160億円ほども岐阜市にもたらしたということまでも知り、感謝と驚嘆とを同時にいただいた気持ちになれたのが、古老のこの私であった、と素直に認めたいとおもう。

おお、……いきなり私のからだが浮いたとおもったら、私は鬼の泉水の別荘地で聞いたあの枯葉音が鳴っていて、……コリン、コリン、コンコリンという音が、何か急を告げているようにも聞こえてきたから、とうとう浅間山の噴火か、それとも関東平野全体の異変の知らせか、……あ、そうだ、轍鮒《てっぷ》の急を告げる知らせのようにおもえてきたから、……そう、今年は関東大震災の発生から百年目にあたることでもあるし、……私は、これはまさしくサタンによる終末の知らせでは？　などともおもえてきたし、……地球の終末時計が、もはや分から秒にかわったことを知ると、地球の余命はあと十八秒しか残されていないという警告に違いあるまい、と私が慄《おのの》いていたら、……コリン、コリン、コンコリンのオノマトペの枯葉音は高まるばかりで、一向に止む気配がなく、音量は高く低く繰り返しながらつづいていて私の神経を逆なでするようでもあり、……もしや、これは国の有事ではあるまいか！　……いや、違う、あのラージマンさまが、打ち鳴らす知らせに違いなかろう、と私の勘が働き、私は例の洞窟の底へ駆け込んでみると、……そう、案の定、ラージマンさまは怒り心頭に発しておられて、取りつく島もないから私は地上に戻ろうと踵を返したら、

「止《や》めんか！　もう、よい！　以後、注意せよ、……この金輪際駆け込むときは、事前にこのワシに知らせてから行動に移すのだぞ！……わしは、これから、第二次世界大戦後の日本政治、とくにA級戦犯であった岸信介の正確な身上調査書と、その血族の披見に取りかかるのだ！　だから多忙を極めるから、これ以後の世部善人君の来訪は、フリーにしてやろう！」

そう言葉を吐くと、野球投手のグローブもどきの右手を振って、石筍が煌めく岩天井の広場から闇の方へ消え去ってしまった。

一体、あのラージマンさまとは、何者なのだろうか？　おもえば、関東大震災にしても、

東京府の下町在住の区民たちが生き残ることができて、復興できたのだから、……いや、もともと太平洋プレートの激震であるから、地震そのものは避けられないし、仮にその対策ができたとしても、北朝鮮が発射を繰り返している原子爆弾搭載の、大陸間弾道ミサイルの着地点が、東京であったとしたら、……我々日本人はただ祈るばかりで、何も手立てがないというのか！　それにいくら排他的地域内だといわれても、すべて事後報道でしか、我々国民は知ることができないのであるから、安心などできるわけはないし、……これ以後も、北朝鮮の大陸間弾道ミサイルの発射実験はつづくだろうから、私は心配で、心配でならないのだ。

それはそれとして、……想えば、岸信介氏の実弟の佐藤栄作氏が幹事長時代に造船疑獄事件で、犬養法相に指揮権の発動まで強要したことを想い出し、……そうそう、そのうえ、佐藤栄作氏が総理になると、内閣の閣僚会議を無視して、独断で密使などを使って、ホワイトハウスに出入りさせたりしていたのは前述した通りであるが、総理退陣会見時のテレビ中継では、「新聞記者の諸君とは話をしないことになっている。偏向的な新聞は大嫌いなのだ！」そう嘯《うそぶ》いて、首相の座を去ってしまったのだが、この言動の非常識な振る舞いには、おおかたの報道陣や視聴者もオドロキを禁じ得なかっただろう。

オドロキといえば日本の歴代の首相に触れてみると、森喜朗元首相は、「日本の国はまさに天皇を中心とする神の国だ」という非常識な発言をしたり、……そうそう、安倍晋三元首相も選挙運動で、「こんな人たちに負けるわけにはいかないのだ」と庶民を見下げたような発言をしていたのを想い出すが、私はますます政治不信の暗い気持ちに陥り、早朝から気分が優れず悶々としたりもしながら、創作机に向かっていると、……またまた、前述した日米両国で交わした沖縄返還の密約などを想い出したりして、……そう、それは長い間、佐藤栄作総理はニクソン大統領との交渉を、若泉敬氏を密使に立てて、まかせっきりにしていて、キッシンジャー大統領補佐官しか知らない密約の経緯を、若泉敬本人が密使の立場から書き残したドキュメント『他作ナカリシヲシンゼムト欲ス』（文藝春秋刊）という書物に書き残して出版し、二年後に著者・若泉敬氏は、その責任をとって与那国島で服毒自殺を遂げてしまった事実は、くだんの膨大な資料を整理しつつ、刊行のために原稿を書き進めていたにちがいないし、……そう、いつごろから若泉氏は自死の覚悟を始めたのだろうか、と私は推察しながら自死と引き換えに自著（国家機密）の刊行に踏みきった彼の心境は、いかばかりであったのだろうか、……と私は推察して、なんとも筆舌に尽くしがたい人間の悲しい宿命であったのだ、としみじみと考えさせられたのだったが、…

…いや、しかし、……日本国の歴代首相が、太平洋戦争敗戦後、今なお戦争の総括すらやっていない無様さは、恥じ入る他ないし、……そう、敵国アメリカの航空母艦めがけて体当たりして、華々しく散った若き特別攻撃隊員たちの自爆死のことさえ、責任をもって語る政治家や元将官たちの反省や懺悔《ざんげ》する者は皆無に近いし、……そう、真摯に反省する政治家たちも多くはないし、太平洋戦争の責任者はおおかた他界してしまっているだろうが、今からでも遅くはないから、黙過などという卑劣な行為はとらずに、腹を括って発言してもらいたいものだ、と私はつくづくおもうし、……そうでないと、令和の時代に入るや、民主主義国と共産主義国の第三次世界大戦（＝ハルマゲドン）のくすぶりが日増しに強くなりつつあると、私は感じてならないのは、日本国の防衛大臣や防衛省だけの問題ではなく、そう、戦後の日本政治家が、戦後の長い時を経ても、太平洋戦争（＝第二次世界大戦）の総括をしないで、無為に過ごしてきてしまったことは、なんとも嘆かわしい限りだ！

……そう、政治家達よ、元将校や参謀たちよ、特記すべきは今からでも遅くはないから、日本国が、政府が、太平洋戦争を総括する責任を果たしてもらいたい、と私はおもう。

＊

そう？　あれは、……私（1930年出生）が十五歳の終戦の日、つまり1945年8月15日の当日、学徒動員で船大工のような真似事をしていたら、棟梁から集合の声がかかり、50人ほどの生徒や大工たちが、ラジオを見つめさせられていると、ほどなく、玉音放送が流れはじめてきて、大日本帝国は米国に無条件降伏したという事実を知らされたのであった。

そして、棟梁から、「明日からは、ここに来なくてよいから、学校に戻りなさい」といわれ、当時の私は、なんとも悔しくて、悔しくて、涙を流しながら家路を急いでいたことを、今でも鮮明に想いだすことができるし、……ただ胸が熱くなり、目頭も潤んできたから、私はパソコンでの創作をやめて、気分転換に資料整理に切りかえたのだが、私の右目にチクッと痛みが走った。

それで、ソファーに腰を下ろし、暫くの間、パソコン操作を諦めて、気分転換に立ち上がったり、座ったりしたのだが、……そう、いつもならぼんやりと無心になって、雲の流れをじっと眺めるのだが、今日も曇天だからそれはできないし、その代わりに私の傍にある書架から、エドバルト・ムンクの画集を取り出し、パソコン机の横に置き、油彩・下絵・習作などを眺めてから、頁を繰ると、……あの「赤い蔦カズラの館」の作品が現れたから、それをじっと見つめていたら、ドキッとしたので凝視するのをやめて画集を閉じてしまった。

そのわけは、赤い蔦カズラの館を背景にして、手前に黒髪の男の恐怖に慄いた顔が描かれてあって、その男がまさに私自身に想えたからであるが、……背後に描かれている、あの赤い蔦カズラの館内では、いま、密使の若泉敬が、ホワイトハウスの要人たちと密談しているところを私が覗き見して、怪しまれて逃げてきた私自身の面相におもえて恐ろしくなり、画集をパタンと音をさせて閉じてしまった。

今度は気分転換に、スクラップ帳を手にして頁を繰っていたら、朝日新聞の1見出しで――米軍の核持ち込み、元次官「密約文書あった」――元外務次官の村田良平（79歳）が、朝日新聞の取材に、『そうした文章を引き継ぎ、当時の外相に説明した』と事実を述べていたのだが、河村官房長官は29日の記者会見で、『ご指摘のような密約は存在しない』と改めて否定したから、『事前協議のない以上は核持ち込みがないと、まったく疑いの余地を持っていない』

と述べてもいるし、同紙3面の社説の見出し――日米密約、また崩れた政府の「うそ」と読みすすめた個所に、意外にも私のメモが挟まれていて、

「（もう、こんなウソの応酬は、金輪際ごめんだ！）」と私が胸中で叫んだところ、

「世部善人よ、とうとう洞窟底の、わしが憩う金輪際にまで、またまた現れおったな！　わしの眠りだけは邪魔をするな！　お前など、どこかへ飛んで行け！」

と叫ぶと、ラージマンさまは消えてしまったのだが、……いや、そうではなく、私のからだをラージマンさまが、どこかへ飛翔させた感覚が残っていて、……ああ、私は既に北軽井沢の嬬恋村の鬼の泉水という山荘へまで追いやられてしまっていたらしく、ほどなく、そのことに気づいたので、私は改めて驚いたのであった。

……この鬼の泉水というところが、しばしば噴火した浅間山の赤くただれた溶岩流からなんとか避けられたのは、この土地が高台地帯であったからなのだそうで、近年ではキャベツなどの高原野菜の有名な産地にもなっていて、ラージマンさまに追い払われた私が、今、この鬼の泉水にある山荘の南側のベランダに胡坐をかいた自分自身に気づいたところであった。

（なんと空気が澄んでいるのだろうか、……それに物音ひとつしないなんと静寂な土地なのだろうか！）とおもって、憩うていると、……カリ、カリ、カリンという音が聞こえる、……それはきっと乾ききった枯葉絨毯の径を、つむじ風が枯葉を巻き上げて転がる音に違

いあるまい、などとおもいながら、私がこのベランダに座って周りを眺めると、落葉松《からまつ》も白樺も、おおかた落葉してしまっており、この山荘の周辺一帯は夥《おびただ》しい枯葉ですでに埋め尽くされてしまっているし、……ときどき、ドボッ、ドボッと腹に応えるような音も聞こえてくるが、それはたしかにドングリが、枯葉の絨毯の上に落下する音に違いなく、そう聞こえるのは、ここが静寂だからであるのだが、……えっ、また、また、カリ、カリ、カリンと鳴り、……こんどはその音が、まるで動物の骨の呟き声みたいに聞こえてきたりもして、私がゆっくり視線を動かしてみると、……細い白樺が二本倒れているし、それに加えて一本の楢の大木のそばに、もう一本の痩せ細った白樺が強風で吹きちぎられたらしく、醜く根元をこちらに晒して倒れていて、それがなにやら動物の大腿骨か、脛骨のようにもおもえてくるし、痛ましく感じられてならない、……そう、もともと白樺という木は、樹木の中で貴婦人と讃えられたりして愛でられもするが、これほど強風に弱い木はない、と私にはおもえてならないし、……それに白い樹肌がもろく剥げやすいから、私は好きになれないのであるが、……おや、風が冷たい、おや、おや、音が変化したぞ、……そこ、ここで、コリン、コリン、コンコリン……と音がするのは、まったく乾ききったごく薄いブリキのような枯葉が、辺り一面に枯葉だらけの絨毯を敷き詰めて、なおも風で枝から、ちぎられて、路上に敷き詰められた枯葉の上を、突風で舞い上がったり、落下したりする摩擦音に違いないが、……コリン、コリン、コンコリン、……カリン、カリン、カンカリン、と心に沁み入る音を奏でながら転がってゆく枯葉の音が、私の心に侘しく、高く低く、人が不満をつぶやくようにも聞こえてきたりもするし、……私がベランダで立ち上がって見渡すと、散り敷かれた枯葉の絨毯は、東南に見えるはずのアスファルトの道路をも、枯葉が覆い隠していて、古代の土器色の枯葉に埋もれているし、黒ずんだ無数の樹木が、太く細く佇立してもいて、この時期の落葉樹ほど貧相で間抜けにおもえるものはない、……とおもうと、ますます侘しい辺土へラージマンさまに私が追いやられた悔しさがつのってきて、……お、お、肌寒くなってきたから、私はベランダから部屋の中へ逃げ込み、二重ガラスのガラス戸を閉めてから、ロッキング・チェアに座ったが、……まだ、ごくかすかに、……コリン、コリン、コンコリン、……そう、カリン、カリン、カリン、カン、カリンと私の耳の奥で鳴りつづけていて、……音が低くなりはじめて消えたかとおもうと、また、ゆっくりと高まってきたりしているから、……もはや、私の耳の鼓膜は枯葉音のオノマトペに牛耳られてしまっているとしかおもえなくなり、……そう、それは枯葉の悲鳴というよりか、小動物の兎か、リスの骨と骨とが摺りあって鳴る、まるで骨の呻きのようにもおもえてきたりもするから、ますます奇妙な静寂の中に押しこまれた気持ちにさせられてくるのであった。

「あ、ああ、……私は望んでもいないのに、なぜ、ラージマンさまは、この私を鬼の泉水などという、この僻地ともいえる私の別荘にまで、武芸の極意もどきの技で、私をジャンピング・アウトさせたのだろうか？」……いくら考えても、得心がいかずにいると、またまた、カリン、カリン、カン、カリン……と枯葉のピアニッシモの音色の囁きが、……嘆きに変わって聞えたりもするし、……今度はそれが一転して、いきなりフォルテッシモに高まってきたりしたから、私は両手で耳を塞ぎ、両目も閉じていると、ほどなく風がやんだからか、枯葉どうしの摩擦音は遠ざかってしまったので、やっと私は、恐る恐る両目を開けてみたところ、愕いたことに、この私は応接間の卓上で、創作中のパソコンの前にうつ伏せになって、うたた寝をしていたのであった。

＊

正気を取り戻した私は、立ち上がり、薄い霧がかかった外を少し眺めてから、カーテンを閉めたら、……そのとき突然、私の意識は希薄さを覚えたみたいな感じになり、……私はひどく疲れていることを自覚させられたから、夕飯も摂らずに、ソファーの上で毛布をかぶり、ゴロ寝をはじめた。

翌早朝、目覚めるとすぐに私は、毛布をはいでパソコン・デスクの前と書架からはなれた窓へ急ぎ、緞帳風の分厚いカーテンを開けてみたら、霧の深い朝だったから、私はすぐロンドンの霧が想い出されてきて、……そう、あれは、忘れもしない1972年のことだったから、……もう、50余年も前にもなるか？ ……そう、40代の私は、霧が名物のロンドンを後にして、郊外へ向かうタクシーの車中にいたのであった。

タクシーを30分ほど走らせ、オークウッドというところにある質素なアパートメントハウスの前に停め、……インタビュアーの中丸薫女史（国際政治評論家）と、私たちテレビ東京の『世界の主役』の番組取材スタッフは、世界的歴史学者のアーノルド・ジョゼフ・トインビー博士の住む玄関で温かく迎え入れられた。

……ほどなく中丸薫さんの流暢な英語が聞かれ、

「博士、日本の書物または、芸術作品などから何か影響を受けられましたか」

との質問に、高齢な博士から、小気味よい返答、「日本の想い出といいますと、奈良時代初期の仏像に深い感銘を受けました」

中丸「……ところで日本では、性教育を学校教師にまかせる傾向がありますが、この点はどのようにお考えですか」
博士「性教育は両親と教師の協力を必要とします」
中丸「では、日本の学生運動についてどうお思いになりますか」
博士「これは全世界どこでも同じ問題です。学生は政治に不満で、それで学問をすることから抜けだして、いろいろ問題をおこしているのです」
中丸「日本の作家の間で、たとえば三島とか、川端をはじめ、自殺する人がふえていますが、自殺を肯定されますか?」
博士「政治的な自殺は、たいへん危険ですが、個人的な理由の自殺は、人間にゆるされた自由の一つだとおもいます」
トインビー博士は1889年、ケースワーカーの父と歴史教師の母との間に生まれ、その母はケンブリッジ大学を出て、のちに歴史の教科書を手掛けるほどの勉強家であったそうだ。
また、中丸さんの鋭い質問が飛んだ。
中丸「博士、世界で起こっている戦争、小さな戦争には、大国の米国やソ連はいつも必ず、かかわっていますね。どう、おもいますか」

博士「ベトナム戦争は、米国と中国・ソ連が、それぞれ南と北に属する戦争の形であり、中東戦争は米国とソ連の代理戦争であるといってもよいでしょう。……核兵器の発明と、1945年の日本への原爆投下から状況が変わり、大国が大国同士の戦争から手を引き、現地の人々を動かして、お互いの利益のために戦っているのです。これは小国にとって大変に不幸なことだとおもいます」

するとと中丸さんは、「戦争の原因ですが、イデオロギーや宗教上の争いが原因だとおもうのですが」

博士「国際間の競争は、平和と戦争にかかわらず、常に力の競争であったのです。北アイルランド戦争、中東戦争、すべてはイデオロギーの傘にかくれた権力むきだしの争いです」

博士の言葉の中で、とりわけ、「人類の歴史は戦争の歴史だ。国連を通じて新しい国際政府を持たなければ、文明は崩壊する」といった言葉が、私の胸に強く刺さった。

さらに博士は「第一次と、第二次世界大戦で、私のほとんどの友人が死んでしまった。病弱な私は兵士になれず生き残りました。戦死した友人のぶんまで、勉強して働かなければならないのです」と寂しく話すのだった。

なによりも研究時間を大切にする博士は、取材時間30分の約束が、4時間余にもなっていた。だが、文句一つついわれなかった。

私たちテレビ東京の取材班は、別れ際に偉大な世界的歴史学者から、こういわれた。

「戦前に一度、戦後に一度の二度、日本を訪問しています。お土産のこの民芸品よりも、できれば、ギャラにしていただけませんか」と私に懇願するような眼差しをしたから、CP（チーフ・プロデューサー）の私はすぐ快諾したのだった。

「（高齢で質素なこの世界的歴史学者は、きっとこのギャラで参考書籍でも購入して、勉強するのだろう）」とそのとき、そう私はおもった。

ああ！　……私は、ロンドンの朝霧が忘れられない……。

＊

私がパソコン机の傍のテレビ電源を入れて、しばらく観ていたら、民主主義国家の日本の安倍晋三元総理が参議院選挙の応援演説中に、凶弾に倒れる中継にかわり、すぐに安倍晋三氏はヘリコプターで病院へ運ばれたが、ほどなく死亡が知らされた。

私はショックだった、このテレビ中継の報道番組の視聴者たちもさぞや、強い衝撃を受けただろう！　……私は心から悼んだのだったが、……この暴挙は決して許されるものではない、と憤慨に堪えなかった。

翌朝、容疑者は山上徹也（41歳）と報じられたが、終戦直後を振り返れば、第二次世界大戦で敗北をした日本国は、共産主義化を恐れ、私も共産主義の国家も大嫌いであるが、その阻止のための政治だったとはいえ、霊感商法の統一教会を利用していたことが、結果的にはカルト二世を生みつづけたし、その結果の悲劇だったということを知り、……いや、それればかりではない、日本国の自民党という政党所属の大半の議員が、統一教会に汚染されてしまっている現実をも知らされて、私は驚き、慙愧《ざんき》に堪えなかったし、なんとも悲しかった。

そもそも、太平洋戦争敗戦後の日本国を振り返ってみると、……いや、日本政治が、統一教会に汚染されるはじまりでもあったことを知らされて、A級戦犯だった岸信介元首相まで時代を遡らねばならないともおもうが、岸元首相の実弟である佐藤栄作元首相、安倍晋太郎元外務大臣を経て、安倍晋三元首相にいたる系図を経てから、第二次安倍晋三政権になり、それが、9年間ほど（3000日以上）にもなるし、……鈴木エイト氏の著書『自民党の統一教会汚染　追跡3000日』を読むと、安倍晋三元首相主催によって毎年4月に新宿御苑で開催されていた「桜を見る会」に統一教会関係者が招待されていた、と記されてもいて、私の同書の読書感は、自民党と霊感商法の統一教会との浅からぬ関係があったという事実を知らされ、ますます驚きを禁じ得なかった。

それより何より、戦後日本政治の主流を俯瞰すると、岸信介元首相、佐藤栄作元首相、安倍慎太郎元外務大臣、安倍晋三元首相たちの血族に握られていた、といっても決して言い過ぎではないし、誰しもがそうおもうだろうし、……そう、私もそうおもう一人ではあるが、つまりそれは、米国一辺倒の政治であったということに尽きる事実なのであり、その間に偉才を発揮したのは田中角栄元首相であって、「日本政府と中華人民共和国政府との共同声明」の発表、つまり、国交正常化を成し遂げたことが、一時期は歴史的貢献として讃えられていたのだが、不幸にもロッキード事件で躓《つまづ》き、田中角栄内閣が短命に終わってしまったことは、私にとっては残念無念でならなかったが、それはそれとして、……実は嘗《かっ》て私が所属していたテレビ東京で、私が、文藝春秋協力（印南氏、鈴木氏たち）のもとで、『人に歴史あり』という番組のCPだった際、……そう、田中角栄氏が自民党の幹事長から郵政大臣に就任した直後に、ゲストとして出演していただいたのが最初で、『世界の主役』という海外各国の著名人との対談番組でも、私が当時の田中角栄首相に二度目の登場をお願いした訳は、中国との国交回復という偉業を成し遂げたことが、私の胸に深く刻みこまれていたからであって、それ故に二度目の出演をお願いしたのであった。

それはそれとして、……私はもう一度、戦後政治の原点に立ち返ってみたいとおもい、元総理だった岸信介氏まで遡及してみて、東條内閣の元商工大臣で、しかもA級戦犯として巣鴨拘置所に収監されていた岸信介氏が、一体全体、どうして出所などができて、総理の座を射止めることができたのであろうか？　……それを私は明らかにしたいとおもい、資料の狩猟に奔走したすえ、手に入れて読みすすめたところ、私がいの一番に驚いたことは、そう、……ティム・ワイナー氏（＝ピューリッツアー賞を受賞していて、ニューヨーク・タイムズ紙の記者兼ジャーナリスト）が出版した『ＣＩＡ』という書籍であり、日本国内でもこの翻訳本『ＣＩＡ秘録（上下）』として文芸春秋社から、２００８年11月に出版されているし、なお、岸信介氏のことに関しては、週刊文春が２００７年10月4日号で、「岸信介はアメリカのエージェントだった！」と国際スクープとして大きく取り上げられてもいて、反共運動の中心は自民党であり、それが統一教会に汚染される原点であったことを私は知り、安倍晋三元首相の長期政権までつづいていたことまで知らされて、私は暫時、驚きに息苦しさを覚えたのだが、……そう、霊感（マインドコントロール）商法――

印鑑、水晶玉、経典などの高額な購入を、日本人の信者に強要し、日本の庶民を犠牲にしていた統一教会に協力したとみられる安倍晋三の集金力は、自己パーティーを中心にして年間二億円強もあった、というから驚きではあるが、……それはそれとして、岸田首相が閣議にも諮らず独断で安倍晋三元首相を国葬にしたということは問題であり、その背景には、麻生副総理の助言や、悼まれた皇室の気持ちを汲んでのこととはいえ、岸田首相の独断は、閣議無視の勇み足といわざるを得ないが、果たして、それでよかったのだろうか？

岸田首相自身に、無視された閣僚たちの感想を、私は改めて問いたくなるが、……「長期政権は必ず腐敗する」という箴言《しんげん》通りだったし、安倍元総理に「説明を果たせ！」と叫びたかったし、安倍氏の虚偽答弁が百十八回にも及ぶといわれてもいて、私は嘆かわしいとおもうが、安倍政権の長期間に蓄積された膿が、いまだに除去できずに、凝縮されたままであることをおもうと、私は虚偽罪に問われる証人喚問で、安倍晋三を糺《ただ》してみたかった、ともおもうが、それもかなわず、凶弾に倒れてしまい、加えて統一教会に汚染された自民党の議員さんたちは、今いかなる心境でいるのだろうか？

♪反共運動　　♪偽証答弁

明説せずに
カルト遺して
永訣か
♪桜見る会
中止の知らせ
総理糺せず
咲く桜
♪偽証答弁
１１８回
桜議員の
泣く涙

一心不乱
民主国家の
基礎築く
♪岸一族よ
ご苦労さん
赤化思想よ
さようなら
♩ハルマゲドンを
起こさずに
明るい未来を
築こうぜ

　こんな狂歌めいた歌が、どこからか、私の耳に聞こえてくるような気もするが、……ああ、それに加えて、コロナが猖獗《しょうけつ》を極めていて、その収束は一体いつになるのだろうか？　不安だし、心配だし、なんとも泣きっ面に蜂のような暗い気持ちにさせられて、この時代に生きているのは、苦しくてならない、え、えッ？　……コリン、コリン、コンコリン、とまた私の耳で鳴っているのは例のオノマトペのようだ、が？　……「桜」費用の補填については　安倍本人の口から説明がないまま、凶弾に倒れて他界してしまったが、『自民党の統一教会汚染』（鈴木エイト・小学館）を参照してみると、「桜を見る会」に統一教会関係者を招待していたともいうし、マインドコントロールされている自民党議員の総数は？

なんと80人を超える入会があった、とも印字されているから、……私は唖然としたが、国葬は自民党安倍派の議員たちが悼んで切望したらしいとはいえ、つまり閣議にも諮らず、岸田総理の独断であったのは事実であり、そのうえ、教団との関係を清算するという話でもあるのだが、果たしてどうなることやら？　……そうそう、新生児減少傾向の一つをとってみても、日本の国家にとっては大問題であるのだが、いや、それよりなにより地震大国の日本は、すでに水没し始めていると私は疑いたくなるのだが、福島の東電第一原発事故で、地盤が6センチ沈下したともいわれていて、……そう、日本国は政治的にも、水没しはじめたといってもいいだろう。

話は変わるが、手許にある田坂広志の著書の『現代の最先端宇宙論』では、……138億年前、この宇宙が誕生したと記載してあって、そこには何も無かった、ただ真空（＝量子真空）だけがあったのだが、「ゆらぎ」を起こした直後、大爆発（ビッグバン）が起こったから、光速で膨張して、138億年かけて、現在のような壮大な広がりを持つ宇宙になったと書いてあるが、……しかし、それも地球に限っていえば、……現在、中ロと北朝鮮の共産主義国家対日米英仏伊などの資本主義国家とが対立していて、地球ビッグバン（＝ハルマゲドン）が起きつつあって、この地球が宇宙の果てに消えてしまいかねないし？……目下、ウクライナ対ロシアが、現にミサイル攻撃で戦争中でもあるし、ロシアが原子爆弾の攻撃をも辞さないなどと暴言を吐いてもいるし、戦争は長期化するばかりで最悪の状況だと、新聞やテレビも報じているから、私はただ、私の一日一日が平和であるように祈りながら生きている古老にすぎないが、ときどき情けなくなって、嘆くばかりの日を送るようになってしまい、情けなくて、情けなくて、……あ、ああ、あ！　……世も末か！と嘆いてみても、……えッ、ええっ？　いきなり、また、例のコリン、コリン、コンコリンとオノマトペが、私の耳で鳴りだして激しさを増すばかりだから、これは？　……もしや何か？　警告する重大な報せのように鳴りだして止まらないし、これは単に突風が枯葉を巻き上げて枯葉に埋まった径の絨毯を、駆け回る摩擦音などだけではなかろう、と気になり、……単に鬼の泉水の別荘だけのことではないだろう、とイライラして、私自身がパソコン創作机の傍にあるテレビを点けて観たら、米国のモンタナ州の上空を中国の監視気球が飛行していると報じているから、私は驚き慌てて、いよいよこれはハルマゲドンの予兆に違いあるまいと信じて、東京の自宅へ帰り支度をはじめたのだが、……いや、大都会の東京の自宅よりも、ここ北軽井沢の山荘の方がはるかに安全だろう、とおもい直して暫くの間、私はここで生活をつづけようかと、リュックサックに詰めこんできた資料、……朝日新聞のスクラップ帳四冊ほか、大学ノートのメモ帳七冊、それに『岸信介に関する岩波新書満州裏史』（講談社文庫・太田直樹）、『岸信介』（岩波新書・原彬久）、『検証 安倍政権』（文春新書）、『CIA秘録・上下』（＝単行本二冊・文藝春秋）などの資料を参考にして検討することにしたのは、戦後政治の主流が反共主義の活動とはいえ、日本政治が、安倍一族（岸信介、佐藤栄作、安倍外務大臣や安倍晋三）に独占されてしまってきた経緯を改めて調べてみたいし、……それに佐藤栄作首相の退陣会見での発言が、……「偏向的新聞は大嫌いなのだ！」といったセリフが、私の神経を逆撫でしたばかりか、その言葉がいつまでも私の耳にこびりついていて、取り除けないでいるせいもあって、私が日本政治を考えるときに、肝心な箇所で、時々、佐藤元総理のこの言葉が、私の胸をチクチク刺したりして邪魔をするし、……そう、それに加えて、低音の枯葉のコリン、コリン、コンコリンという音が、私の鼓膜で次第に高まったりして鳴るから、その先へは究明が進まず、何故か、米ロ対立のハルマゲドンの戦い前夜のような緊張感に襲われもして、私はとうとう思考停止状態になり、頭痛が激しくなるともに、変な精神状態がつづき、私自身が今、生きつづけていく気力が減退して、奇妙な無力感に陥ったりして、苦しみ、……そうそう、ほどなく、コロナ禍の現実に戻されてしまったら、コロナウイルスの予防マスクの着用が、大幅に緩和されそうだなどと、テレビの報道番組が、グッドなニュースを告げているのを観て、私は本当だろうか？　いや、そうではなかろうと疑ったら、……ああ、信じてよいことは、本当だったから、それでも暫く疑《うたぐ》り、悩んでいたら、どうやら信じてよい情報だったと知り、私は安心したのだが……そう、私は何故こんなに疑り深い人間になってしまったのだろうか？　どうやら、そのマスク報道は事実であるらしいから私は、正直、ちょっぴり喜びを感じたのであった。

それに引き続き、ほかのテレビ報道番組では、「中国が27年までに台湾侵攻の準備をしているらしい」などと、ゲスト論客のニュース解説が、習氏の動向分析をしたような解説を聞き、私は、いよいよハルマゲドンは避けられないかも知れない？　と覚悟したのだった。

2022年11月8日の皆既月食と天王星食の「ダブル食」が、8日夜の午後7時16分ごろに「皆既」となり、赤銅色の満月が夜空に浮かんでいて、次回は2025年9月8日未明に見られるということだそうだが、……1930生まれの古老の私は、多分どうにか生きのびられていて？　満95歳の誕生祝いの祝福を家族から受けているかもしれないが、それとても世界が平穏であれば喜べる話であって、……そう、すでにサイバー空間での争いは、日ごとに激化するばかりだし、今、地球上の世界各国がコロナウイルスの猛威を恐れているなかで、ロシア軍のウクライナへの攻撃も一年以上も経過しているが、一向に治まる気配がない、……なんと不安で悲しい現実に私たちは、直面しているのだろうか？

＊

人間の悲しみには、いろいろあるだろうが、……ただ今は、正しく共産主義国家と民主義国家群の「代理戦争」が、ウクライナの国内で起こっていて、それも激突中であり、これこそが、私が恐れているハルマゲドンの予兆ともいえなくはない、とおもうと、ウクライナは終戦どころか、ますます激化するだろうし、すでに第三次世界大戦（＝ハルマゲドン）は始まっている、とみる評論家もいるし、現在、ロシアのウクライナへの侵略が、ハルマゲドンの戦いそのものなどと煽る評論家もいて、もう原子爆弾搭載の無人飛行機が、飛び交う時代がすぐそこまできていると警告する軍事評論家もいるから、私は不安で、

「ラージマンさま、そうそう、原発ドローンが飛び交う時代、つまりハルマゲドンが始まる予感に私は、日々苦しんでおります、……いいえ、それだけではありません、ラージマンさま！……北朝鮮から頻繁に日本列島の近海や上空をＩＣＢＭ（＝大陸間弾道ミサイル）が飛び交って久しいし、米国のワシントンまで脅かす時代になってきてもいますが、……日本列島を覆う暗雲は、ますます暗く変化しつつあると、おもえるような意味の報道を、各局の報道番組でも告げていますし、……地球終了早見表とおぼしきものまで見せて、世界各国のコロナ患者数の発表の縦線グラフのような戦死者数を、仮定の話とはいえ、とうとうテレビの視聴者へ注意喚起するような報道までも観られるようになってしまいました、……あ、あ、あ……」

と私が嘆くと、コリン、コリン、コンコリンという耳鳴りとともに、いきなり、ラージマンさまが現れて私にこう告げた。

「よく聞くのだぞ！　世部善人よ、お前がいう、これは正しく民主主義国家と共産主義国家の激突、つまりハルマゲドンの初期とみるのは、正論ではあるが、……人間どもは、な

んと愚かな動物であるかのう！　……うむ、……このハルマゲドンで地球人、いや、人類の終焉に繋がるかもしれんのだぞ！　……嘆かわしいことではないか！　……おい、こら！　世部善人よ、筆名・村上十七という輩よ、ワシの前で居眠りするとは、ケシカラン、ぞ！」

ラージマンさまが、洞窟の壁面のランタンが揺れんばかりの声を放ち、私に強烈な睨みをきかせたので、私はこの場から逃げだしたいと、……目を瞬いたら、パソコン画面の前にいたのはこの私だけで、暫時、頭脳にシビレが残っているが、見回すと応接間兼用の仕事場であったから、胸をなでおろし、悪夢を振り払うように立ち上がり、カーテンを開けてみると、今朝の空も曇天であったから、またまた気が滅入ってしまい、……テレビを点けてみると、報道番組で軍事評論家が、司会のアナウンサーの問いに答えていて、ウクライナ軍とロシア軍との戦争は終わりそうにない、と語っていたから、すぐに私はスイッチを切って、暫くの間、ソファーに座り、両目を閉じて、現状分析を試みたいとおもった。

＊

そうそう、想いだしたのは、私がまだ小学生のガキの頃のことで、外苑の絵画館を遠くに眺め、左手の銀杏並木の手前に、明治神宮外苑の公園管理人の事務所があって、指笛が上手な管理人がいたのを想い出していたら、……その彼は子供好きの長身の男性であったが、私たちガキ仲間が、足や手に擦り傷をして事務所に駆け込むと、

「オレは男のナイチンゲールだ、……おお、擦り傷だな？」などといって、事務所内で優しく傷の手当てをしてくれた記憶が蘇ってきたのだったが、……その事務所の脇に広がる広場では、一塁と三塁とホームベースしかない三角野球、それもゴロ野球をやったりして遊んだことが懐かしいし、滝の流れる人工池には大きい緋鯉が、四、五匹泳いでいたことなどが、つぎつぎと想い出されてきて、……そうだ、その事務所脇の公園のすぐ先には女子学習院の大門があって、その前の道路で、私ら悪ガキたちが、黄色い銀杏の葉をかき集めて、ドーナツ型のトーチカを作り、「フランスのマジノ線だぞ！」とか、ドイツの「ジークフリート線なのだぞ！」と喚めきあいながら、黄色い銀杏の葉っぱを投げっこしたり、軍人将棋をやったりしていたら、

「もしもしボクちゃんたち、それはなんのゲームです、の？」と女子学習院の二人の生徒に尋ねられて、ガキ大将の私が「これはだね、軍人将棋っていうのだ」と私が答えると、わかったのか、そうでなかったのか、二人とも妙な顔を見合わせて、女子生徒たちは、「ボ

クちゃんたち、ごきげんよう、では、サヨウナラ」と礼儀正しく挨拶して、去って行った二人の女子学習院の生徒のことを想い出したが、そう、……そればかりか、当時、遊びこけていた尋常小学生時代の、いろいろな遊びが、つぎつぎと蘇ってきて、……あ、そうそう、運動用の紅白帽子のツバの向きで、戦艦、巡洋艦、潜水艦に分けて遊んだ軍艦遊びや、肉弾三勇士ごっこなどで、外苑の銀杏並木手前の石垣脇の広場で、ガキ仲間らと遊んだことなどが、……あッ、そうそう、縄跳びを止めて、その縄をつないで、電車ごっこをして遊んだこともあったっけ？　……何といっても絵画館を遠くに見て、右手の銀杏並木と陸軍大学校の植え込みとの間に植えられていた数多くの椎の木の林の中で、太い枝にロープをかけて、ターザンごっこの遊びをしたのが忘れられないし、……あ、そうだ、秋になると椎の実や銀杏の実を火鉢の中の五徳にのせた焙烙《ほうろく》で煎って、年子の兄や妹ら三人でよく食べたことなどが、つぎからつぎに想い出されてきて、愉《たの》しく懐かしいのだが、このガキのころの遊びはともかくとして、……そう、そう、いきなり記憶が先へ飛んで、……私が小学生の高学年の頃のことで、……たしかそれは、鉄クズを集めて、屑屋に売って手に入れたお金を、三宅坂にある陸軍省の窓口まで、市電で行って全額献金をしたら、数日後に青山尋常小学校の校庭に、全校生徒が集められる朝礼の際に、顎髭が白く長いヤギみたいな小倉校長先生から、「二年一組の村上十七君は、陸軍省へ献金したとの知らせを受けて、お国のためになんと立派なことをしたのだろうか！　見上げたものだ」とお褒めの言葉を頂いたことが、想い出されてきたし、……それに私はなんとませたガキだったことか！

そうそう、……私は落語全集を読むのが好きだったし、柳家金語楼の軍隊落語や広沢虎造の『次郎長外伝・石松代参』の、「バカは死ななきゃなおらない」の台詞が大好きで、ガキの頃の私が、たびたび大声で唸っていたら、大家さんの隣家のご主人から、「お宅のお子さんは浪曲家になるのですか？」と聞かれて、私の母親が、「返事に困ったわ」と嘆いて、私は長い間お説教をされたから、すぐにやめたことなどを想い出したりしたし、……そう、そうだ、南青山三丁目の角にあった赤心社書店で毎月購読していた『少年倶楽部』の田河水泡作の連載漫画『のらくろ』が大好きだったから、私は読みつづけていたのだが、同誌の連載・中山峯太郎の『敵中横断三百里』などもハラハラ、ドキドキしながら、読みふけっていたものだ。

ガキの私たちは、青山尋常小学校の六年生になると、各自が中学の五年間の進学を選ぶことになるのだが、ほとんどの生徒たちは、府立第一中学校をはじめ、数多くある府立中学校のどこかを希望し、稀に陸軍幼年学校を志願する生徒もいたが、青山学院の付属校や六大学の付属中学を希望する同級生も少なくなかったし、私立大学の付属といえば、早稲田か、慶應かの付属中学だったが、私は早稲田より慶應が好きだったので、受験に合格した慶應義塾商工学校へ入学できたのだったが、前述したように、太平洋戦争が激しくなったために疎開してしまったから、三田の慶応義塾へは一年弱の通学でしかなかった。

だが、しかし日本国が敗戦してほどなく、終戦を迎えると三田の慶應の塾官局から、復学の通知を頂いたのだが、東京の食糧難のことや焦土化した東京では、勉学する自信がなく辞退した、が、……残念無念であった。

そう、おもい出すのは、三田の砂町の運動場やプールや、あ、そうそう、私が柔道部に入部したから、講道館の三船十段が指導する柔道場へはよく通ったし、……そう、そこで三つ年上の従兄（＝普通部の古口勝男）に会えて、技の手ほどきを受けたことなどが忘れられない、……そう、秋には慶應の塾生全員が、日吉の陸上競技場に集合して催す行事に参加したことなどが、想い出されてくるが、……何といっても特記すべきは、第105回国全国高校野球選手権記念大会で、107年ぶりに優勝したことが嬉しくてならないし、……これほど名誉のある、ドデカイ冥土の土産はないだろう！　……私はなんと果報者であろうか！……といま私は、感激に浸っているところである。

＊

元総理の安倍晋三も名優木村拓哉も戦後生まれで、戦争の体験がないから、この歌は多分、知らないだろう？　と思うが、書いておこう。

♪空に知られぬ　雷《いかずち》か
浪にきらめく　稲妻か
煙は空に　立ちこめて
天つ日影も　色暗し
♪黒いからだに　大きな目
陽気に元気に　生き生きと
少年倶楽部の「のらくろ」は
いつも皆《みんな》を　笑わせる

『勇敢なる水兵』の歌が、いつの間にか、田河水泡作の『のらくろ』の歌に替わっていたのに気づき、私は歌うのをやめたが、……青山の電車通りは、代々木の練兵場から、陸軍大学校に帰る将校たちや兵士たちが乗馬して通り過ぎたりするから、馬蹄の音が喧《やかま》しく、長い間つづき、……そう、そのほかには、……声が、売り声のいろいろな音が、つぎつぎに想い出されてきたし、ガキの私が聞いた売り声などが、いろいろとやってきたし、……そう、朝早くからは、納豆売りの声が聞けたし、煙管《きせる》の羅宇《らう》換えの鋭くピィーと鳴る音も急に迫ってきたし、風鈴売りのチリン、チリンの音や、金魚売りの声、……それから「玄米パンのホヤホヤ」と男が叫びながら電車通りをロバが引く屋台車などもやってきたものだが、……そうそう、夕方には豆腐売りのラッパ音が、さびしく聞こえてきたりもしたし、夜になると麻布三連隊の就寝ラッパの音が、たまたま夜風に乗って聞こえてきたりもしたし、……そう、「赤い靴」の歌をガキのころの私が歌っていたら、数日後に、うちのネイヤが、この私に、

「横浜の波止場に行ってみたけれど、鳩はそんなに沢山、いなかったわよ」

と嫌味をいわれて、私は年子の兄と妹と三人で、一緒に笑ったことが想い出されてきたりもしたし、……その当時の青山南町二丁目の電車通りに私が立って、見回すと、すぐ左手は、ひさご（大衆食堂）で、すぐ隣はヤング理髪店、軍隊靴屋、和菓の三益店、鍛冶屋

もどきの銑鉄屋、横丁の入口があり、その先の草ぼうぼうの原っぱを過ぎると、広い横丁のその先は、ガキ仲間の同級生の木村屋菓子店があり、豆腐屋、広瀬写真館、内田硝子店とつづき、私の右手は漆器店、古口ハイヤー、薬局店、新聞屋、郵便局、九鬼家の邸宅の門、ビリヤード店、高木車庫、仲伊勢屋、森脇洋服店、ミヤコ屋時計店、高橋喫茶食堂がある一丁目の角になる。

こんどは、青山車庫須田町行の電車通りを挟んで青山北町通りの右端が地下鉄（当時は赤坂見附までだった）の入り口、軍服縫製店、石勝石材店、矢田鉄砲店や日本刀剣店がつづき、ガソリンスタンド、次に細い路地があり、藪そば屋、内田駄菓子店、馬具店などがあって、広い石垣の横丁の先には、コンクリートの広場があり、その先の右手が外苑の銀杏並木につづき、広い車道を挟んで向こうの角が、軍隊帽子店であったが、……いま、私の耳に聞こえてきたのは軍歌であった。

♪万朶《ばんだ》の桜か襟の色
花は吉野に嵐吹く
大和男子《やまとおのこ》と生まれては

散兵戦の花と散れ

声をからした塩辛声《しおからごえ》と、整然と進む集団の軍靴《ぐんか》の音であり、ほどなく軍靴の響きも高まってくると、いきなり軍歌を歌う怒鳴り声の集団の声が聞かれ、それも怒声のように高まってきて、……その総音量からすると、小隊ではなく、中隊の行進のように私にはおもえたが、はたしてその中隊はどこへ向かっていくのだろうか？　……青山一丁目の十字交差点を右折して、第一師団司令部や麻布連隊区司令部を左手に見て、マッチ箱電車の線路通りに行くと、右手には鉄砲山（射的場）があり、それを過ぎて、歩兵第三連隊がある霞町の方か、……いや違うぞ！　第一師団司令部を右手に見て進み、乃木神社を左折すれば歩兵第三連隊になるはずなのだが、歩兵第一連隊と竜土町の間の市電の線路に沿って進み、なおも進めば、左手にある麻布三連隊を過ぎ、六本木の交差点に向かうことになるのだが？……いや、いや、そうではなく、私が青山一丁目交差点を直進して、須田町行きの市電の線路に沿って進むと、右手には赤坂区役所、やがて左手に豊川稲荷神社が近づいてくる筈であるが、……いや、それとも青山一丁目の交差点を左折し、市電の線路を越えて、右手向こうの青山御所の石垣を見ながら、左手の陸軍大学校の塀沿いに、中隊は進み、信濃町の方へ行進するのかもしれないぞ、……そう、私はこのように陸軍一色に染まった青山南町二丁目に生まれたのだが、今、決して忘れられない事件を想い出そうとしているのは、……そう、それは、私が六歳になった年の、1936年の早朝のことで、ぶるぶる震えながら便所の小窓から中庭を覗くと、雪がひどくつもっていたから、早めに用を足して、手も洗わずに自分の布団へもぐりこもうとしたら、

「十七さん、すぐに洋服に着替えなさい。お父さんが戻りしだい、私たち五人は、この家からどこかへ避難することになるかもしれないのですよ」といわれた。

この外出着姿の母の声には、学校の教頭先生のような威厳があったし、厳しい視線で私を見据えてもいたし、傍にいる兄も妹もすでに外出着姿で、この私にはすまし顔をしていて、……「あ、いけねい！」と呟いた私は、慌てて洋服に着替えると、走って、玄関の下駄箱から自分の長靴をなんとか取り出せたが、慌てているから上手く履けない、……やっとのことで玄関の外に出た私は、大雪の積もった路地で転びながら進み、右の方に直角に曲がると，こんどは電車通りへ向かって、大通りを前へ前へと進んでいたが、固く冷たい大雪に足をとられて、前へは行けず、……それでも苦しみながら、あきらめないでガキの私は、ガンバって進んでいたら、やっとのことで、南町青山二丁目の電車通りに出ること

ができたけれども、……ボクは妙な気持ちにさせられて、……そう、よくよく見ると青山二丁目の向こう側の北町も、電車通りを挟んでこちらの南町も、ちらほらと人がいて、雪かきをしながらヒソヒソ話をしているのが、……それは早朝のラジオで非常事態宣言の放送があったからかもしれないし、……「反乱軍らしい」、「裏の歩兵三連隊も、近衛第一連隊もその鎮圧に出動しているらしいぞ」……、「首相官邸や大蔵大臣の高橋是清の邸宅も襲われて、大臣は殺されたそうだ！」などと雪かきしながら、おじさんたちが漢字だらけの言葉を小声でささやき合っていて、チラリ、チラリと高橋是清邸や、そのもっと、ずーっと先にある三宅坂の陸軍省の方を、ちらちらと見つめたりして、心配顔をしているから、ガキのボクが、「ネエ、ネエ、おじさん、ナニが、ナニがあったの？」と聞いてみたら、「ボウズ、裏の師団司令部の前じゃ、ドノオ袋を積んでさ、その上にキカンジュウを据えつけてあったゾ！」

とニラマレタ。

ボクは、モウケン連隊に入隊している、のらくろ、の黒吉クンも、きっとタマゲルだろう、……いや、ちがうゾ！　早く知らせてやらなければいけないのは、マンガ作者の田河水泡さんだゾ！　と気づいて、振り向いたら、

「こら、十七！　こんなところで何をしておるか！」

父（＝赫・カク）に見つかり、私はコゴトをもらいながら、冷たい雪道を引きずられながら自分の家へ帰ったのだが、……そのときの左ウデの痛みはわすれてはいないし、……この痛みが、八十余年前の、ボクの二・二六事件の記憶でもあり、この想い出は私が息の絶えるまで、きっと覚えていることだろう。

＊

さて、映画監督のゴダールたちのヌーベルバーグみたいに、ジャンピング・モンタージュして、私のガキ時代から現代に戻ってみると、あの麻布四連隊の赤レンガ塀や正門が懐かしく想い出されてくるけれど、……それも戦後一時期、防衛庁に変わり、現在では東京ミッドタウンに変身してしまっているし、当時は師団司令部の門から離れて右側の歩道前に、それも青山墓地よりに鉄砲山があったから、当時の私はガキ仲間らとその山にあったトロッコに乗ったりしてよく遊んだことを想い出すことがある、が、……そう、そう、日暮れの真っ赤な夕陽が、マッチ箱電車の線路や道路を照らして、見事に赤々と照り映えていて、綺麗だったあの光景は、私の冥土の土産にしたいとおもっているが、土産が多すぎないか心配だが、……あ、そうだ、そうだ、そういえば、靖国神社の秋の例大祭では、ボーイスカウトの衣装をしたガキの私が、能楽堂の傍でかがり火が焚かれている赤い炎の傍で、参拝者の年老いた男女の行列を誘導するのに汗をかいていたことを想い出したりもするが、……そう、それが今は、桜の標本木に指定されていて、春になると桜の開花予報をテレビ画面で観るたびに、往時の思い出に浸ることもあるが、……だが、当時、高橋是清大蔵大臣が二・二六事件で殺害されてからほどなく、その屋敷跡が公園になったから、私のガキの頃は、悪ガキどもたちと、その公園まで行って、日が暮れるまで遊んだことなども、想い出されてきて懐かしいが、……そう、それも今、現在は、最近の異常気象が、日本をはじめ地球全体に忍び寄ってきている危機的事実（ハルマゲドン）を知ると、いや、そのうえ日本人にも、いや、すべての地球人にとってもこれほど悲しい有事はないと、……観念してはいるものの、人間の非力さを改めて知らされ、……いや、それよりなにより、太平洋プレートの振動が、地震、津波、活火山の噴火などを誘発させてもいるし、それのみか、最近の異常気象現象は世界の至るところで発生していて、世界各国に甚大な被害をもたらしてもいるし、その上、仮に米中戦争でも勃発したら、米国とともに日本国も戦わなければならないのだ、と改めて私は腹をくくってはみたが、

「もともと私は、根っから共産主義が大嫌いだし、だからといって米国とともに共産主義国（中国、ロシア、北朝鮮）と戦うことなどはしたくはないし、なんとか外交交渉でしのげないものかと願う者だが、このまま仮に推移するとしたら、米国とともに戦うことに？ いや、その考えは論外だぞ、……そもそも日本国には『日本国憲法の第二章の戦争の放棄で、永久に放棄する』とあって、自衛のためとはいえ、果たして戦争することが可能か、どうか？ という根本的問題があるし、況《いわん》や、日本国憲法よりも日米安保条約のほうが、優先することにもなるし？ ……そう、そんな有事は、起こり得ないとおもいたいが、自衛のための戦争さえもできないとなると、国家が滅びてしまうから、……果たして？ ……どうすればよいのか、最善の道はなにかを真剣に日本国民の一人ひとりが考える時が迫ってきているのだ、と自覚し、……そう、この自衛のための戦いについて、この古老の私も深刻に悩んでいて、頭脳から離れずにこびりついていて、不安感を率直に吐露して、改めてその対策を考えてみたいが、……そう、それについては、戦後政治の原点に立ち返り、東條英機A級戦犯とともに巣鴨の刑務所に収容されていた岸信介A級戦犯について考えておかないと、疑問は解けないとおもうから、日本の終戦当時にまで遡及して、……そう、東條英機A級戦犯が絞首刑に処せられた翌日に、岸信介が、どうして釈放され、日本国の首相になり、戦後政治に君臨するようになったのか？　という疑念の解明をしなければならないとおもい、私は『岸信介・権勢の政治家』（岩波新書）を参考にして論及するのが最善と考え、そうすることにしたのであった。

＊

戦前、革新官僚としての岸信介氏は、満州国の産業開発を主導していた東條英機内閣の商工大臣を務めていたから、A級戦犯容疑者とされながら、再び政界への復帰を果たし、日本国の首相にまで上り詰めて、安保改定を強行したのちに退陣したのだったが、この改定をめざして隠然たる力をふるった彼の九十年の生涯を見過ごしては、戦後の日本政治を語ることはできないと私も考えたので、……週刊文春が2007年10月4日号で、「岸信介はアメリカのエージェント（＝代理店、秘密情報機関の協力者、諜報員）だった！」と、国際スクープとして大きく取り上げたし、翌2008年11月に文藝春秋社から、『CIA秘録（上下巻）』として出版されている翻訳本（著者・ティム・ワイナーは、ピューリッツァー賞受賞者で、ニューヨーク・タイムズ記者）の上巻の帯に『噂、伝聞一切なし・対日秘密工作2章分書き下ろし』とあるので、すぐに私は同書の上巻の171頁を繰ると、

第12章に「別のやり方でやった自民党への秘密献金」とあり、私はくだんの書に引き込まれていった。

(前文省略)マッカーサー元帥を軍事諜報面で補佐していたのは、チャールズ・ウィロビー少将だった。ウィロビーは一九四五年九月、最初の日本人スパイをリクルートすることで、敗戦国日本の諜報機関を牛耳ることになった。この日本人スパイは戦争終結時に参謀本部第二部長で諜報責任者だった有末精三である。

有末陸軍中将は一九四五年夏、戦勝国に提出するための諜報関係の資料を極秘裏に集めていた。それが敗戦後、自分の身を守ることになると考えていたのだった。多くの高位にある軍人同輩と同じように、戦争犯罪者として起訴される可能性もあった。が、有末はかつての敵の秘密工作員となることを自ら申し出たのである。それはドイツのラインハルト・ゲーレン少将がたどったのと同じ道だった。ウィロビーの最初の指示は、日本の共産党主義者に対する隠密工作を計画し、実施せよというものだった。有末はこれを受けて、参謀次長河辺虎四郎に協力を求め、河辺は高級指導官のチーム編成にとりかかった。

(中文省略)

ウィロビーはその年の冬、暗号名『タケマツ』という正式な計画を発足させた。この計画は二つの部分に分かれていた。『タケ』は海外の情報収集を目的とするもの、『マツ』は日本国内の共産主義者が対象だった。河辺はウィロビーにおよそ一千万円を要求し、それを手にした。スパイを北朝鮮、満州、サハリン、千島に潜入させること、中国、朝鮮、のロシアの軍事通信を傍受すること、それに中国本土に侵攻して制覇したいという中国国民党の夢を支持し、台湾に日本人の有志を送り込むこと、などを約束した。

（中文省略）

ＣＩＡが東京に最初の足場を築いて間もなく、ＣＩＡはウィロビー配下の日本人スパイの監視をはじめた。ＣＩＡはその実態を知り、驚愕する。日本人スパイは諜報網などというものではなく、右翼団体の復活を狙う政治活動であり、同時に金儲けのためのもの、というのが結論だった。「地下に潜った右翼の指導者は諜報活動を『価値ある食いぶち』とみなしていた」、とＣＩＡ報告は当時の状況を要約している。

アメリカの軍事および諜報関係者も日本人スパイの忠誠に疑いを抱き始めた。有末と河辺は、諜報活動の進行状況や成果について、アメリカ側の指揮官たちを常習的にだましていた。二人とその部下がアメリカに丸抱えされた任務を自分たちの金もうけに利用していたことは疑いのないところだった。たとえば二人は台湾の国民党のもとに日本人を送り込み、その代わりに大量のバナナや砂糖を入手していた。これらの食料は日本国内で転売され、巨額の利益をもたらした。

たった三人からなる小さなCIA東京支局から見て最悪だったのは、有末とその部下が在日の共産中国の工作員に情報を売っていたことである。朝鮮戦争が勃発した当初、アメリカのかつての敵がアメリカの新しい敵と協力している、それもウィロビーと少将や部下の鼻先で取引している、とCIAは判断していた。

（中文省略）

アメリカがその狙いを達成するのを助ける、真に強力な日本人工作員を雇い入れるまでは、さらに数年を要することになる。その任務はまさに、アメリカの国益に資する日本の指導者を選ぶことに尽きていた。CIAには政治戦争を進めるうえで、並外れた巧みさで使いこなせる武器があった。それは現ナマだった。CIAは一九四八以降、外国の政治家を金で買収し続けた。

岸信介は児玉と同様にA級容疑者として巣鴨拘置所に三年の間収監されていたが、東条英機ら死刑判決をうけた7名のA級戦犯の刑が執行されたその翌日に、岸は児玉らとともに釈放される。

釈放後、岸信介は、ＣＩＡの援助とともに支配政党のトップに座り、日本の首相の座にまでのぼりつめたのである。

【いまやみんな民主主義者だ】

岸信介は日本に台頭する保守派の指導者になった。国会議員に選出されて四年も経たないうちに、国会内での最大勢力を支配するようになる。そしていったん権力を握ると、その後、半世紀近く続く政党を築いていった。

（中文省略）

【情報と金の交換】

ＣＩＡと自民党の間で行われた最も重要なやりとりは、情報と金の交換だった。金は党を支配し、内部の情報提供者を雇うのに使われた。アメリカ側は、三十年後に国会議員や閣僚、長老政治家になる、将来性のある若者との間に金銭による関係を確立した。彼らは力を合わせて自民党を強化し、社会党や労働組合を転覆しようとした。外国の政治家を金で操ることにかけては、ＣＩＡは七年前にイタリアで手がけていたときより上手になっていた。

（中文省略）

【ＣＩＡと日本人の協力は望ましい】

アメリカとＣＩＡは、岸および自民党との隠密の関係を公式に認めたことはない。しかし二〇〇六年七月、十年以上も続いた内部抗争の後で、国務省は、ＣＩＡと日本の政界要人との間に秘密のあったことを認めた。

（中文省略）

日本人はＣＩＡの支援で作られた政治システムを「構造汚職」と呼ぶようになった。ＣＩＡの買収工作は、一九七〇年代まで続いていた。日本の政界における腐敗の構造はその後も長く残ったとティム・ワイナリーは語っていて、終戦後のアメリカと日本の政界（岸信介総理）との関係を、『ＣＩＡ秘録上巻』（文藝春秋刊）で私は知ることができたが、これは十分に信頼に足る内容であったと私は確信する、……その根拠は、著者のティム・ワイナリーは、20年以上をかけて、５万点ほどの機密解除文章、10人の元長官を含む３００人以上に直接インタビューした内容であり、しかも、すべては実名証言であるというから、十分に信頼できる内容だといえるし、……戦後の私（＝当時は中学生）からつづいていたＣＩＡと日本政界（＝自民党）の関係であったと知ることができて、私は言い知れぬ感慨を覚え、暫くの間、放心状態であったが、……それはそれとして、ええっ？　……コリン、

コリン、コンコリンの音が、早鐘みたいに鳴りだしたが、……なんとか精神的に落ち着きを取り戻した私は、名優木村拓哉の演技について論考するに当たっては、先ず私自身の経歴に触れなければならない、とおもった。

＊

昔、いや、60年ほど前、私はテレビ朝日開局以来、テレビドラマ・ディレクターであったが、テレビ東京の開局時に移籍してからも、テレビドラマのディレクターであったし、副部長兼務のチーフ・プロデューサー（＝ＣＰ）、を経たのち、広報部長、社会教養部長、営業局次長、演出局長などに就任したのだが、いま現在は古老の一視聴者として発言させてもらっているし、木村拓哉についてはデビュー以来、彼の演技には涙を誘われる感動的な作品が少なくなかったし、……そう、それは私の涙もろい性格もあろうが、……いや、つまり木村拓哉が役になりきる見事さ（名優だから当然である）に魅かれたのだが、主としてフジテレビのドラマの番組やＴＢＳのドラマであるが、……そう、最近ではフジテレビ系のドラマの『教場』（＝テレビドラマ）でも、一視聴者として私は、感心させられて、胸を締め付けられ、涙腺を熱くし、いつまでも心に残る感動をこの私（＝93歳）に与えてくれてもいるが、……それはそのまま私に生きている幸せや、明るい希望や、生き抜く力を与えてくれることなのでもあり、……そう、この古老の私は、一般の視聴者とはやや違い、前述の通り、嘗ての私はテレ朝の開局から生放送のテレビドラマの担当ディレクターであったし、VTR録画導入後もテレビドラマのディレクターをつづけていたのだが、青臭い冒険心に駆られ、移籍した先がテレビ東京（＝財団テレビ）であって、ドラマ番組担当の副部長兼CPとして水上勉作『死の流域・主役・伊藤雄之助』、『三条木屋町通り・主役・扇千景』などのテレビドラマの演出を担当したのちに、演出局長に就任し、その一年後に退職してプロダクション経営者に転身して、日本映画テレビプロデューサー協会（＝発足以来所属）の会員であり、現在は、テレビ東京社友会の一員でもある、古老に過ぎない。

＊

ここで私が尊敬していた作家の水上勉氏について少し触れておきたい。

彼は立命館大学文学部を中退し、さまざまな職業を経たのち、1961年に、小説『雁の寺』で直木賞を受賞し、その後、話題作『飢餓海峡』（週刊朝日連載）をはじめ、『桜守』、『越前竹人形』、『金閣炎上』、『一休』など数多くの作品を遺しているが、……ある日、私は、勉さんから赤坂の小料理屋に誘われたことを鮮明に覚えている、……勉さんは、昔の貧乏時代の苦労話を赤裸々に告白するような調子で、ゆっくりと話してくれたのだが、……二人ともほろ酔い気分になったころに、私は思い切って質問をぶつけてみた。

「勉さん、作家としての信条、いや、信念といってもいいのですが、それはなんでしょうか」

と私が詰問調でいきなり聞いたら、勉さんは暫時、考えてから、ゆっくりとこう語りはじめた。

「そうね、もの書きは、言うなら怨念とか、憎悪とかを大切に育てるくらいでないといけません」とさらっといってのけたが、……私の胸にグサッと突き刺さったことを忘れていないし、折々に想い出すことがあるのだが、……乳飲み子を背負って飲み歩き、その自分の女の子を飲み屋に置き忘れたりした勉さんは、作家として成功したが、……そう、逃げた元女房をいま、どのようにおもっているのだろうか？　逃げ去った元女房らしい女性を幾度も自作の小説に登場させて殺すのは、作家の怨念からなのだろうか？　それを聞き糺してみたかったが、その際は私にはそれができなかったのだが、……えーと、あれは？……そう確か、文化座五〇周年の立食パーティーの会場だったと記憶しているが、私はじめマスコミ関係者が大勢招待されていて、俳優座の千田是也さん、NHK会長の川口幹夫さん、作家の水上勉さんの三人の祝辞についで、乾杯があり、やがて立食に移ったところ、すぐに湯呑茶碗の酒を片手に和服姿の水上勉さんが私に近寄ってきて、

「しばらくぶりです、若井田さん、不義理を重ねて済みません、……私は、医者からきつく湯飲み茶碗に一杯の酒ならいい、といわれましてね、……1989年に団長として文士たちを引き連れて訪中した際、たまたま、天安門事件に出くわして足止めを食らいまして、帰国してすぐに成城の自宅に担ぎこまれたのです、……手術の結果、心臓が三分の一になってしまいましたよ」

そう弱々しい声で語ったので、話に花が咲くこともなく別れてしまったのを、私は今想い出して、自分の体から力が抜けていくような一種の虚脱感を覚えたのだったが、……それ以後、私は再び会うことはなかった。

＊

私は名優木村拓哉の演技について、語りたいたいとおもう。

まず、最初には、フジテレビの連ドラ番組で、山崎豊子原作の『華麗なる一族』の最終

回で、主演の木村拓哉が、猟銃で自殺するラストシーンだが、私は感動のあまり、どれほど泣いたことだろうか！　感動はいつまでもつづき、いま想い出すだけで、卒寿過ぎの私の涙腺が緩んでくるほどであって、……それ以前の連続ドラマでも、当時の木村拓哉は視聴者の期待に応えて、常に高視聴率を獲得しつづけていて、好印象を視聴者に与えていたから、国民的俳優と呼ぶ観客が多いのも事実だったし、……彼の人気は、テレビドラマ番組だけに止まらず、フジテレビのレギュラー番組『SMAP×SMAP』内のコーナーである「ビストロスマップ」（司会役・中居正広）で、スマップを二分し、その二人組の一員として、料理作りの手際の良さと味を競いあうシーンでさえも、私は木村拓哉の真剣な表情に引き込まれていたし、包丁裁きの見事さに感心させられもしたし、司会役の中居正広やゲスト出演者の食する顔が楽しくて、私も家族もこの料理番組を見つづけていたものだった。

そう、そう、スマップの仲間たちと、単純な坂上りや坂下りを競うときでも、木村拓哉は手抜きなど決してしないで精一杯、真面目に都内の坂を駆け下り、懸命に駆け上ったりする、こんな単純な競争でさえもタイムはいつも好記録だったし、音楽番組での舞台上で、グループ・SMAPの一員として、長時間連続（24時間？）で歌い、かつ踊りまくる音楽番組のときでさえも、最初に音《ね》を上げて脱落したりは決してしないし、木村拓哉は、ほかのメンバーたちとともに歌い、かつ踊りつづけ、疲労困憊の態度や表情をいささかも見せなかったし、そう、……それに少しでも体形を崩したりして、無様な姿などを見せることは決してなかったし、常にシャキッと立っている木村君の姿が見事で、素晴らしいし、彼の醜く崩れた姿など、私は一度も観たことがなかった、……そう、そう、『マスカレード・ホテル』や『マスカレード・ナイト』のメイキングを観ても、木村拓哉自身が主役を演じている責任感からか、ごく当然な行為として、自然に監督やスタッフ一同、そして出演者全員にまで気配りをしていることを、私は肌で感じるように見入ってもいたし、出演する女優や男優や監督も、和やかな雰囲気の中でさえ、木村拓哉の体形は、きりっと引き締まっているから作品の質の向上につながるのだともおもえたし、オレが、オレがなどと決して出しゃばることなどがないから、視聴者を、観客を、私をも魅了するのであるが、……さらに加えると、ごく自然に受け答えする彼の態度が好ましいし、気配りが素晴らしくて好感がもてるから、作品の質の向上へ、全員（＝出演者やスタッフ）を押し上げる力を、木村は無意識に束ねようとしているように、私には感じ取れてならなかった、……ただ、これは昔、演出家だった私が勝手に推知していることではあるのだが、……しかし、あの牽引力でもある凛とした姿勢をさかのぼると、木村拓哉が中学生のころに体操部に入部していたからかもしれない、とおもうし、父からも「歯を食いしばれ！」といわれて、ビンタを張られたりしたこともあったらしく、父親に「拓哉、行くぞ」と一声かけられて、連れて行かれた先が剣道場であり、待っていた師範からすぐに道具を身に纏わされて剣道場で手ほどきを受け、その日から剣道場に通うようになったという話なども、私は耳にしたことがあるし、それは多分、今日の名優の才能を見抜いていた父親の期待、つまり長男への愛情表現であったのだろう、と私自身は勝手に推察しているけれど、……そうそう、彼が魚釣りを覚えたのも少年時代だそうだから、きっと父親の手ほどきを受けているに違いないだろうが、それにとどまらず、ビリヤードも、ダーツも、トランプのババ抜きなどの遊びの勝負ごとでさえも、ずば抜けて強い現場を、テレビ画面で私が観ていて舌を巻かずにはいられなかったし、……え、え？　そう、私は木村拓哉の魅力について、ついつい多弁になってしまい、……私が、木村拓哉主演の連ドラ番組で、名演技を観て誰もが感動し、それがいつまでも冷めずに熱く胸に焼きついているから、視聴者から国民的男優として認められ、その足跡（23歳から49歳までの期間）は、視聴率二桁を維持しつづけているという驚異的な20余年間の記録なのであり、この超人気と話題性とが、視聴者にどれほど生きる希望や明るい未来をもたらしたことだろうか、……これから先も、これまで通りに、多くの人達に、希望や夢を与えつづけるだろうが、それは名優木村拓哉だから、やりつづけるに違いないし、その期待に応える俳優でもあるからこそ、私は名優・木村拓哉に繋がるのだ、と信じて疑わないのである。

木村拓哉の熱演を観て、心を打たれ、役になりきれている彼の名演技に、私はいくども泣かされたし、胸に熱くのこる感動を、生き抜く力を、私は名優・木村拓哉からどれほどもらったかしれない！

……コリ、コリ、コリン、コンコリンというオノマトペが心の底で奏ではじめたような感じがして……いや、空耳かもしれない？　……そうそう、木村拓哉主演のテレビドラマの中でも、TBS制作の『ビューティフルライフ』の最高視聴率は41・3パーセントという驚くべき記録であったが、この記録は、これから先も、当分の間、やぶられないだろうし、ドラマの内容も私は一視聴者として、これほど泣かされたドラマ作品はないし、……あれは、そう、ラスト・シーン近くで、美容師役の木村君が涙が滂沱《ぼうだ》として流す場面、そう、それは女優の常盤貴子のクローズ・アップの顔にお化粧を施してあげる木村拓哉の泣き顔のクローズ・アップとの切り替えと、感情移入の頂点で吐く台詞や息使いが圧巻で、今でも古老の私の胸を熱くしめつけてやまないのだが、いや……そう、そもそも、木村拓哉は、映画俳優と根本的に違う点をあげると、これは私論にしか過ぎないが、……いや、……それは、つまり短いレッスン後、いきなり舞台上に放り出された少年達のグループ中の一人の無名の少年が、たまたま木村拓哉であったということだが、そう、……つまり木村の根性にしろ、演技面にしろ、精神的鍛錬の仕方にしろ、……つまり、いきなり非情な現実と向き合い、体当りというか、舞台やロケ現場などに放り出されても自発的に己を磨き上げてきた実践派の演技、つまり自分自身の心構えと行動とが、ひいては数多く出演した主役の役柄が、木村自身の滋養となり、彼をして自然と役者やスタッフまでをも、まとめあげる術を身につけてしまい、監督やディレクターと一体になって創り上げた数々のドラマが、演技力をさらに磨き上げていき、名優への途を駆け上がったのだと言っても、言いすぎにはならないだろう。

そう、その証拠にシナリオや台本などは、すべて木村拓哉は大切に保存しているらしく、その気持ちも、元テレ朝のドラマ・ディレクターだった私も、私なりに理解（ドラマ、ドキュメンタリーなどの台本まで全て保存済みである）できるし、温室育ちのヤワなタレントとは異なり、無理な役柄さえ熟《こな》すことができる能力（潜在的力＝演技力）があるのだといえなくもないし、いきなり舞台やロケ先で自発的に自分を鍛えつづけるという過酷さの面でも、他の劇団出身の男優たちとは異なり、気配り（＝スタッフや裏方への気遣い）の点を一つとってみても、根本的に異なると私はおもうのだが、……いや、いや、何といっても、威厳や貫禄は生まれながらのものである、と昔からいわれてもいて、……そう、努力したからといって、決して身に付くものではない、と私はかねがねそう信じて疑わないのだが、……そう、それは両親の躾が、大きく影響していることだろうともおもうし、家風といってもいいのだが、……その証拠に木村君は常に背筋がきりっと伸びていて、立ち姿が凛としていて美しいし、またスタッフや役者同志やタレント仲間でさえも、それも人前の雑談の際でも、不様に崩した姿勢を晒すことなどは決してないから、スタッフもファンも誰しもが、好感を持つのだろうともおもうし、……それとても、剣道を好む彼が常日頃、真剣に鍛錬をかさねている成果なのであろう。

さらに加えると、夜、愛犬二匹との散歩を欠かさない、ということも体力づくりにプラスしているだろうし、それに、……フジテレビの夜の番組だったとおもうが、そう、「臍《せい》下丹田《かたんでん》にクサビを打て！」と父親にいわれたことを忠実に守り、実行に移しているのだ、と彼自身が本音を吐露したように、絶え間なく努力をしつづけているからこそ、名優でありつづけているのであって、彼が寛いでいる姿も、立ち姿も背筋がシャキッと伸びているから、凛としていて威厳が感じられて、……そう、美しくもあるのであって、それ故に誰もが好感をもつのであろう、……そう、それは私一人だけではなく、私の家族全員も熱烈なファンにさせた要因の一つでもあり、しかも、誰も異論など唱えることなく、すっかり納得させてしまう名優なのでもあるのだが、それは常日ごろの彼の努力の積み重ねが、いま現在の名優・木村拓哉の姿を、生きざまを作り上げているのだといっても過言ではないし、この点についても誰しも異議など唱える者はいないだろうと、私は信じて疑わないのである。

ところで、……皆さんは、どうだろうか？ ……いま、私の手許にある『週刊ザテレビジョン最終号』を見ても、テレビジョン・ドラマアカデミー賞主演男優賞歴代最多受賞、表紙登場回数No.1であるということは、本誌が如何に売れたかという証でもあるが、事程《ことほど》左様《さよう》に木村君は男優としてすでに国民的人気のある名優であるといってもいいし、それは彼が生きた足跡（＝歴史）そのものでもあるし、その上、当然、彼が主役を演じる役柄についての見聞録でもあり、出演する役に関連する参考書籍などの読み込みや、ロケセットでの訓練などでも、木村拓哉が身につけたであろう教養の高さは、おそらく私の想像を超えるにちがいないだろう、と私は推測しているのである。

＊

木村拓哉のごく最近の演技について論及したい……そう、フジテレビ系のドラマ『教場0《ゼロ》』に主役・出演していた彼を辛口でいうと、前回に観た刑事指導官・風間公親になる以前の若き鬼教官の役であるから、如何に厳しいか、時にはむごい鬼教官とおもわれる演技を披露してくれるか、それを期待していたが……いや、それよりなにより、果たして名優木村拓哉がこの風間公親役は適役だったのだろうか？　ドラマ自体の内容が暗すぎるし、ライターの技量も、ドラマの運びも独善的なところがあって、心理的S・E（サウンド・エフェクト）ともいえる音程、音量が高すぎて、なんともわずらわしく私は感じたし、……そう、それに加えて、根本的な問題を指摘するなら、それはテレビの一過性の無視ともおもわれるシナリオ（＝台本）が、年寄りの私の胸中でももやもやしていて、……いまさらいってみても詮無いことではあるが、それは、……私が期待しながら待っていたのは、眼光鋭い表情やそれにまつわる演技の凄み、渋さ、非情さなどが観られるだろうか、否かであったし、それを私は大いに期待していたのであるが、放送時間枠（ヨル9：00～11：

33）にいささか、疑問を持ったし、S・Eの挿入の個所に抵抗を感じてならなかったと正直に指摘しておきたいとおもう。

5月29日の風間公親『教場0』「#8闇の中の白霧…毒より怖い毒！　仮面の下に隠された罪と孤独　木村拓哉、白石麻衣ほか」を私は観て、前回よりもS・Eの挿入に工夫が感じとれて、いくらか観やすくなったものの、……いや、強いて言うならば、木村拓哉も49歳になるのだから、テレビドラマ自体の内容は、もっと明るいもののほうが良い、と私はおもったし、木村自身が積極的にこれを選び、かつ望んだドラマ内容とは、私はどうしてもおもえなかった。

そう、それで、彼のドラマ作品を振り返ってみると、……因みにTBSの主演ドラマ『人生は上々だ』での木村拓哉君は、23歳であり、2000年に41・3パーセントの最高視聴率の『ビューティフルライフ』の主演の木村君は、28歳であった。

以後、木村主演の連ドラは、主としてフジテレビの制作がつづき、TBS、フジテレビ、テレビ朝日の参加となるのだが、再び、フジテレビ系のドラマ『教場X』の主役として出演する木村拓哉は、前回同様の刑事指導官・風間公親の役であるから、鬼教官としていかに成長した演技を披露してくれるかを、私は前回同様に大いに期待していたのだが……あ、まずい！　私は名優・木村拓哉について語るのは、苦しくもあり、愉しくもあるので、いささか饒舌に過ぎたきらいがあるかもしれないが、私は木村君に関するこの論考が生き甲斐でもあるから、ついつい、時の経つのも忘れてしまい、……いや、私は、安倍晋三の戦後政治そのものの論考を忘れたわけではないし、私の仕事部屋のパソコン画面での創作中の文章を点検しおわると、しばらくの間、瞑想してから、再び、「戦前派の私自身の行動」について記述すべく、パソコン画面の創作原稿を読んでから、臍下丹田に力を入れたのであった。

あれは？　……そう、にわかに神宮外苑の再開発計画を知った私は、少年時代の遊び（＝私の想い出）を失うのではないか、と悲しくてならなかったが、……そのわけは、私が幼かったころの想い出（＝記憶）がどんどん薄れていき、消えてしまうような気がして、寂しさに悲しさが混ざり、私はいっとき呆然となってしまった。

昔（＝80年ほど前の私の少年期）の絵画館前は雑草の生えた広場であったし、私たちがガキのころの遊び場でもあって、……そう、バッタや蝶や赤トンボやギンヤンマを採ったり、四つ葉のクローバーを探したりしたから、その頃の愉しかった想い出が消えないように、私は自分の記憶に焼き付けたいとおもったわけは、薄れてゆく想い出もいつか、都市改革のビル化で消されてしまう、とおもうと悲しくてならないからであって、……えーと、あれは、……確か、私が、三田の慶應義塾商工学校へ通いはじめて程なくのことだったが、その外苑の絵画館前の芝生広場を二メートル余の板が、ぐるりと取り囲んでしまっているという情報を耳にして驚き、すぐに駆けつけて板の節穴から中を覗いてみると、巨大なサーチ・ライト二基、それに巨大なチューバを逆さにしたような遠距離収音機が二台、それに、……そう、それは多分、超遠距離の収音受信機かもしれないとおもったが、……えーと？　まだあるぞ、そうだ、あれは高射砲で、それも二基も設置されてあったから、私はタマゲテ、（とうとう、太平洋戦争がすぐそこまで近づいてきているのか！）……と正直、身震いしたし、あまりの怖さに鳥肌が立ったが、……それからほどなく、青山界隈の夜空をサーチ・ライトが交差して不気味な雲を照らしだしたから、その年の秋に私たち一家は、母親の実家がある大分県の臼杵町に疎開したのであったが、……これが昔の私の神宮外苑の記憶であるが、朝日新聞朝刊（2023年3月29日）の社説を見たら、「『外苑再開発』禍根残さぬ街づくりを！」との記載があり、私はなんとも悲しくなったし、……そう、またまた超高層ビル化して、自然の空を狭くさせてしまうのか？　……いや、それに加えて、私がガキの頃の想い出も、また幾つも消えてなくなることになるのだとおもうと、寂しくて、悲しくてならないし、……そう、そう、赤レンガで囲まれた麻布三連隊のことだが、敗戦後には防衛庁に変わり、現在は東京ミッドタウンに変身してしまっているのには、驚かざるを得ないが、それはつまり、同時に私のガキ時代の想い出をいくつも薄めさせていき、ついには喪失させてしまう、ということでもあるから、哀しくてならないし、歯の抜けたような悲しみを味わい、このこと自体が取りも直さず、私自体が老齢化している証でもあり、嘆いても詮無いことだが、……そう、私自身も、とっくに鶴髪になってもいるし、病院通いを繰り返してもいて、飲み薬、朝9錠、昼2錠、夜5錠で生かされている、齢九十三歳の老人であるから、コンクリートの高層ビル化で自然の青空を失うのは、至極当然な話なのだろうが？　それが近代化というものなのだろうから、……とはいえ、空が、遠山が、雄大な虹が、雲が、自然そのものがつぎつぎに失われてゆくのは、私にとって耐え難いことであって、自分自身の余命を考えると、これから先はあまり多くを望まぬほうが、賢明な生き方なのかもしれないとおもうし、……そうはいっても、外苑に植えられてある、あの『なんじゃもんじゃ』という名木の行方だけは、なんとしても見届けたいともおもうし、気がかりでもあるが……果たしてどうなるやら？　……。

＊

国民の関心事は、政治家の統一教会汚染であり、衆参両院議員に留まらず、地方議員へも統一教会汚染は進行していたし、霊感商法でお困りの方は法テラスまでお電話を下さい、などという相談窓口まで設けられたが、……それほど二世信者問題は深刻なのだと知らされて、私は愕然としたのだが、……それはそれとして、『敵抑止のため』と称して共産主義国（＝ロシア、中国、北朝鮮）を恐れて、日本政府はその抑止力という名目で、またしても巨額な予算を組んで、米国から武器の購入資金に当ててるようであるが？　……敵抑止力として軍拡予算を組んで、すでに膨大な赤字国債を発行して苦しんでいる財政赤字国の日本を、またまた岸田首相は、膨大な赤字国債を発行させて、軍拡に踏み切ってしまい、これは敵抑止力のためだとの言い訳はするが、国債の増発を決断したのは岸田首相であるのだし、……だが、確かに北朝鮮から発射される大陸間弾道ミサイルによる日本海の脅威はつづいてもいるし、それに加えて中国が飛ばした監視用気球（中国は民間用としている？）が偏西風に乗って、アメリカ本土の上空に飛来したため撃ち落として回収してみたら、中国製の情報収集用気球と判断されて、その気球の撃墜をバイデン大統領が命令したのだったが、そのことが原因で、一時、険悪な外交問題になりかけ、米中対立激化か、と危ぶまれたのであったが、ほどなく治まったから、私は安堵したのであった。

しかしながら、ＣＩＡのバーンズ長官は「27年までに台湾侵攻準備を習氏が指示」と語っているし、これは事実らしく、私にはなにか気球が不気味な予兆（＝ハルマゲドン）におもえてならないし、……なにか解決策はないものか？　と考えてみたのだが、名案は浮かばず、……そう、こんなときこそ人間同士は話し合うべきであって、それ以外は不信が不信を呼び、ついにはハルマゲドンの悲劇（＝原爆戦争）になりかねないとおもい、……いや、また、また、……警鐘を激しく打ち鳴らすように、例のオノマトペが私の心中で鳴りだしたぞ！　……誰だ？　え、ええッ？　ラージマンさまからか？　あり得ない、と打ち消してはみたものの、カリン、カリン、カンカリンという音は止むことなく鳴りつづけているから、私は不安で、不安でならず、遂に助けを求めて極秘の洞窟の底へ駆け込んでみたら、……ラージマンさまが現れるやいなや、いきなり怒声が私に飛んできた。

「ハルマゲドンの戦いでも始まったか、世部善人君よ、……落ち着け！……わしの話をよく聞くのだ、……君が生まれた年、１９３０年は、インドのガンジーが、塩ツクリ運動を始めていて、英国に対抗していたし、それが非暴力、非服従の運動でもあったのだが、君はこのことを知っておるか？　……どうだ？……このことを知っておるか？　その運動を聞いたことがあるか？」

　と詰問されたから、私が頷くと、

「そうか、……君が知っての通り、日本の戦後政治はアメリカの言いなりであったのだが、いや、それを望んだのは日本国自体といえなくもないのだが、自民党と公明党の参加という絶対多数の議決権を得たことから、政治に驕りが始まったといってもいいが、……しかし、世部善人君よ、長期政権は必ず腐敗するという格言通りになって、現在を迎えてしまったのは見た通りであるぞ！　……具体例を挙げるなら、君が知っているように、閣僚たちの靖国参拝が毎年行われておるが、首相、閣僚たちの歴史観は一体どうなっておるのだろうか？　……世部君よ、……同神社は軍国主義を支えた国家神道宗教の施設ではないのか？　……そうであるから皇室関係者の参拝はないし、その代わりに千鳥ヶ淵戦没者墓苑が設置されて、無名戦没者の約９万１０００柱を祀る国立千鳥ヶ淵戦没者墓苑があることを、心に銘記しなければならぬ、とワシはおもうのだ！……世部善人よ、君はこのことを真剣に考えたことがあるのか！」

（言い訳がましいかもしれないが、私は名優木村拓哉の魅力に無目的に魅かれすぎたこともなければ、戦後政治を卒寿過ぎの私が語るべきことを忘れていた訳でも決してない！　ただ、気づいてみたら、名優木村拓哉についての記述過多になったかも？　と素直に認めるが、……だが、しかし、……いや、ラージマンさまへのいい訳は止《よ》そう！）

「世部善人よ、どうした？　……いま何を考えておったのだ？」

ラージマンさまは、私の心を読んだからか、救いの手を差し出すようにこう告げた。

「ワシはおもう、これからでも、君は君の戦後政治について語ればよいし、……君自身が、歴史認識を問い正すことは十分できるであろう」

そう静かに語ると、すぐにラージマンさまは、天井に煌めく石筍もどきの明かりの奥の闇へ消えてしまったから、……私は安堵して、大きく一息吐いて両目を瞬くと、……パソコン机のある応接間も、すでに薄暗くなっているし、……ああ、時の経つのはなんと早いことか、とおもって、……この応接間兼仕事場で、私は今日もまた、お日さまを拝むことなく一日を過ごしてしまった、と残念におもい、……すでに陽が落ちてしまっていて黄昏になっていたのだが、……それが、私の人生そのものの黄昏にもおもえきたりもして、暫らくふさぎ込んでいたが、おもい直して側のテレビを点けてみたら、……報道番組で、この地球自体も、発生した地震でインドネシアやジャワ島で、１６２人もが死亡していると報じているし、ソロモン諸島でも、震度7の地震が発生したとかで、……そう、私は自国日本列島の地震や噴火の予知は一体どうなっているのか？　と心配になって、……そうそう、最近の日本列島でも北から南まで地震が多発しているし、それは太平洋プレートに何か異変が起きているに違いないと私はおもうのだが、……そう、もしかしてラージマンさまの棲家の洞窟の底が、地震や豪雨で、崩壊したり水没したりして？　……そう、圧死や水死の恐れもなくはないだろう、などと気になるが、……だからといって自然現象は、人間の力などでは、とても防ぎようもないのだが、いや、……仮に、地殻変動が起きて、活火山などがたびたび噴火しているし、活火山でもあるあの富士山や浅間山の噴火が起きないなどとは、誰も断言などできないし、仮にそうなれば、その粉塵被害は、ゴビの砂漠の粉塵被害どころか、計り知れないであろうし、作物被害も甚大になるはずだし、その可能性もなくはないのだと心配してみたところで、……なるようになるだけだし、私たち人間の非力さをおもい知らされるだけで、「お前なら、どうする？」といわれても、人力などでは、どうなるものでもない。

もしも仮に長期間、日本列島全体が一斉に地震が起きたとしたら、空に巻き上げた粉塵が太陽光を遮断するから、……そう、大昔、恐竜が絶滅したように、人間をはじめ、地球上の生物は死滅するだろうから、……などと、未曾有の悪影響を及ぼすことになるだろうし、不安は際限なく広がるだろうから、……いや、それは単なる取り越し苦労にすぎないと嘲笑《ちょうしょう》されたら、私は甘んじて受けなければならないが？　……どうか、古老の世迷言として聞き流さないでほしいものだ！　……それならば、ただ心配ばかりしていないで、…
…そう、地震学者に噴火の可能性を推測してもらってみたらどうだろうか？　いや、太平洋プレートの動きの予測など聞いたら、いや、私は聞きたくはないのだが、……そうしたら私はきっと、生きる望みを失うことになりかねないし、……だから、それはできないし、……そう、そうはいっても、もしも、私が恐怖に脅えて、例の洞窟の底へ駆け込んだとしたら、

「わしの洞穴住居に、まるで酒屋の角《かく》打ち気分で気安く駆け込んでくるな！」

とラージマンさまに怒鳴られるだろうし、そうであるなら、私自身が心をリセットして、……そう、そしてまた明日へ向かうしかないのだ！　と震えて、呆然と、ただ立ち止まっていても、……私には、ただ死を待つだけであるから、そう、明日へ、未来へ、死ぬまで私は希望を持ちつづけて、……つまり、ただ生きることだけを目的にして、生きつづけるほかないではないか！　……いやはや、自殺などは人生の敗北者のやることだから、御免

蒙りたいと真剣に考えているのであるが、……？

「いいか、善人よ、忌憚なくいえば、神とサタンとの最終戦争の場所（＝ハルマゲドン）が近づいてきているのは否めないから、ただ脅えてばかりいても、なにも解決はせんぞ！　それに、この洞窟のわしの住居に無闇やたらに駆け込んできたりするな！　……心をリセットして希望をもて！　また明日へ向かうのだ！　いいか！　世部善人よ！」

そう、ラージマンさまの怒声が聞こえてくるようで、……ああ、遂にラージマンさまの勇ましい顔が神妙に引き締まって、まるで高僧の説教みたいな渋い声を吐いたとおもったら、厳かな声に変わり、流れるように私に語りはじめた。

「人はみな、時代も、国にも、両親も、選べずに生まれてくる、……しかも生きとし生けるものは、必ず死す、……そう、これが摂理であり、自然界を支配している理法でもあろう、……現世はまさしく諸行無常なのであって、……朝《あした》に生を受けたりといえども、ひとたび無常の風吹かば、夕べに白骨と化すのが人の身じゃ、よくよく心すべきことであろう、……在俗信徒よ、信女よ、体制を妄信せず、独立自尊を保て！　私利私欲を捨てて人類愛に生きよう、ぞ！」

ああ！　ラージマンさまのそんな声が、風に乗って聞こえてくるようだ？……。

＊

さて、……話は変わるが、今年で結党から１００年を迎える日本共産党であるが、朝日新聞（２０２２年・令和４年）４月９日の朝刊、オピニオン13版Ｓに政治学者・中北浩爾氏が『共産主義　こだわれば　じり貧に』、池上彰氏は『誤りは認め　今の世を見据えて』という見出しで、二人の賢者の論考記事が載っていて、「日本の政治において共産党とは、どんな政党なのか。その過去・現在・未来を考える」、とあるから、私は読んでみたが、私はやはり共産党とは、考え方が根本的に異なり、馴染めないことを改めて悟ったのだが、……だからといって日本の戦後政治に君臨した岸信介氏やその血統が治めてきた自民党を全面的にただ鵜呑みにすることなどはできずにいる私なのでもあるが、……さて、世界へ目を向けると、コロナ禍は収まりつつあるが、ウクライナ情勢は依然として治まる気配がないし、朝日新聞やテレ朝、ＮＨＫなどが発信した情報で、新たな米中対立問題を発生させたことを知り、

「おお……また、やってきおったな！　世部善人よ、地上で何ごとがあったのか、説明してみるのだ！　地上のおおかたの情報は、この大型テレビの放送で、ワシも承知しておる

が、貴殿の心の中までは、このワシでも読めんからのー?」

　世部善人は、黙ったままでいると、

「世部善人よ、……食料の自給自足さえ、ままならない日本という国は、地震多発国でもあるのだが、海底地震観測機器に問題が起きていて、緊急速報が遅れる可能性があるらしいぞ、……速報の発表が最大13秒も遅れる可能性があるらしく、それに加えて原発問題も未解決であるし、……そう、まずは津波被害を見直さんといかんが、……いや、視点を変えてみれば、いまの日本の現状は、宗教2世の子供の窮状や新興宗教と女性の「信仰」を通して、搾取をつづける統一協会問題や、……まだまだ、あるぞ、……自民党の統一教会汚染などもあって……いや、はや、山上徹也君は、母の入信している統一教会という団体を長年恨んでいたというが、だからといって、地方遊説演説中の安倍元首相を、手製のピストルで射殺したことは、民主主義への挑戦ともいえるし、言論弾圧事件と捉えてもいいが、私は決して許すことはできない！　とおもっているのだが、……この事件は国民誰しもがショックを受けた大事件であるから、日本の歴史に深く刻まれるであろうが、……古老の私自身は、テレビ中継を直に観ていて、犯人の山上徹也が、街頭遊説中の安倍元首相の背後に回り、手製のピストルを発射したため、倒れる安倍元首相や取り押さえられた犯人の山上を、テレビの生中継で私は一部始終を観ていたから、……ああ、その強烈なショックで私の身体の震えが暫くの間、止まらなかったが、……この安倍晋三元首相射殺事件そのものは、私の息の根が止まるかとおもわれたほどショックだった。

今後、私が生きている間は、いや、恐らくこのショックは心に深く刻まれたままで、冥途まできっと消えないであろう。

それよりも、いささか軽いショックといえば、すぐに私が想い出すのは、えーと、あれは？　……手控え帳で確認すると、１９７０年の4月、私自身がテレ東の演出局の現場から、編成局の広報部長へ配転させられた40歳のときのことであるが、……同年の11月25日には、作家・三島由紀夫が自衛隊の市ヶ谷駐屯地の総監室前のベランダで決起を呼びかけたのちに、総監室で割腹自殺し、楯の会所属の森田必勝に介錯させた事件であるが、……三島文学は私の好きな作品が少なくなかったことでもあり、彼の死は決して忘れられない事件だったし、文学界はおろか全国の読者たちを震撼させた事件でもあったから、私も心に牢記しているのだが、……男の大厄年は42歳とされているけれども、この年の私の広報部長の昇進は、不承不承受け入れた配置転換とおもえてならなかったし、……男の大厄が、二年も早まるとはおもわなかったし、大阪万博の年であったことも、私は覚えているし、……そう、このときのことだが、国立一期校の九州芸術工科大学の開校があり、動的画像（＝映画・テレビなど）学科の助教授も教授も揃わず、静的画像（＝写真・ポスターなど）の助教授からこの私に夏・冬二回の集中講義の依頼があったから、私はそれを承諾して教壇に立つことになったのであるが、私の講義は校内や生徒の評判もよく、同大学の助教授就任の依頼が私にあったが、私は辞退したのだった。

テレビドラマという映像の放送を捨ててまで、教壇に立つのは自分の性分に合わない、と九州福岡の宿にしていた知人宅で悩んでいたところ、そこにいきなりテレビ東京の深谷報道局長から、

「君にこれから内示をする、報道局社会教養部長に任命する。イエスか、ノーか」

と長距離電話で迫られたので、私は「イエス」と即答したのを私はおもいだしたのだが、……そう、この内示で、私は40歳のときに報道局次長兼社会教養部長に就任したのだった。

だが、しかし、テレビ東京という放送局は、労使の対決が激しく、年がら年中ストライキを打たれ、その対策で私は、連日連夜、局の車両部契約の専属タクシーで、東名高速を飛ばして神奈川県の善行団地まで帰宅していたから、当時、私は「おそらく、自分は交通事故死するであろう」と観念していたこともあったし、……そのことを今、古老の私は、

苦い体験の一つとして回顧していたところなのだ。

＊

それから程なく、演出局長の内示があったが、私は即座に昇進を辞退したのだが、その訳は、私自身が三カ月ほどしたら、退社する覚悟を決めていたからであるが、……ところが、私の辞退に尾ひれがついた悪質な噂が、局内を一巡したので、……そう、その噂の内容とは、この私が一年後に回ってくる民放五局統合のマンモス番組『ゆく年くる年』の幹事局のＧＰ（＝ジェネラル・プロデューサー）を放棄したいからなどという悪評だったから、「それならば、やってやろうじゃないか」と一念発起して、私は年末恒例の民放のマンモス番組である『ゆく年くる年』（私にとっては二度目のＧＰ）を無事に終わらせてから、テレビ東京を退職し、念願のプロダクション経営を始めたのであるが、……いや、いや想像を絶するほどの低額（６８３万円？）の退職金を手にしたが、私にはいささかも悔いはなかった。

あれ？　……コリン、コリン、コンコリンと鳴る枯葉音が、次第に高く、激しく鳴りだした……ラージマンさまが、私を呼んでいるに違いない！　私は洞窟の底へ駆け込んでみ

たら、今回も、前回同様に、毘沙門天似の閻魔大王とおぼしきラージマンさまが、おもむろに現れて、

「や、や？　そなたは世部善人ではないか、…そうか、地上ではハルマゲドンの予兆を感じて慌てて、貴殿は、またまた、ここに現れおったようだな？　これからワシの説教がある、貴公も聞くがよいぞ！」

　とラージマンは鋭い目で私を睨んでから、歩き出したので、……私もその後ろについて行くと、岩に囲まれた大広場に出た。……そこには20人ほどの白装束の囚人とおもわれる者どもたちがいて、すでに茣蓙《ござ》の上に正座していたから、私は度肝を抜かれた。

　ラージマンさまは直ぐに上手に置かれた演台前に立つと、

「みなの者よ、待たせてすまん！　世部善人君もそこへ座り給え！」

と言いおわると、一つ咳払いをしてから、あたりを睥睨《へいげい》し、両手を広げて大声を張り、

「え、え、えー、……えー」

と喉を鳴らしてから、ラージマンさまの背後を照らすランタン風の明かりが揺れて光り、まるで背光を浴びた釈迦牟尼世尊のお姿を、私に彷彿とさせたのであった。

　洞穴の中のこの広場には、悪評高い見慣れた二十人ほどの人間、……政治家、役人、宗

教家などの各界の代表や、無名の信徒らも、この広間に集っていて、……演台前に立ったラージマンさまの凝視と叫び声が、先ず私に向けて飛んできて、

「世部善人よ、五分前に集合しておるのが、礼儀であるぞ！」

「は、はー、以後、気をつけます」

演台のラージマンさまは、再びあたりを睥睨してから、いきなり天を仰ぐように両手を挙げ、上方を見据えると、口から言葉を吐き出すように、ゆっくりと、明晰に、お告げを始めて、……ほーら、ほらほら、罪悪に染まった名士たちよ、やっとお前たちもこの霊鷲《りょうじゅ》山《せん》の頂に辿り着いたのじゃ、罪悪の政治家たちよ、心を静めてみよ、ほーら、素晴らしい連山の眺めが瞼に浮かんできたであろう……そら、

みなの者よ、前後左右に心の目を転じてみよ、ほーら、ほーら、見えたであろう、

あ、ああ、末法の現世で、お前たちは、まずこのことを知らねばならない、

すべてが燃えるとは如何なることか、まず、このことを知れ！

人びとの目は燃え、目で見るものも燃えている、

人びとのからだは燃え、からだで感じるものも燃えている、

人びとの心も燃え、心でおもうものも燃えている、

お前たちよ、それらは一体なにによって燃えているか、
お前たちよ、悪人どもよ、よく耳を済ませて聞け、聞いて心に焼きつけるのだ！
ああ、ああ、燃える、燃える、燃え盛っておる、……それは貪欲の炎に、憤怒の炎に燃えているのだ！
商売繁盛、無病息災などと己の利益のみにとらわれ、他者の苦しみをことごとく無視し、自己のことのみに四苦八苦している衆生や議員たちは、人に嘘を吐き、人を騙し、人を殺めたりすることさえもやめない、なかんずく近年は祖父母を、両親を、兄弟姉妹を殺めて憚《はばか》らない、見よ、目を背けずに直視せよ、
法螺吹き川の戻り橋に立ってみよ！
滔々と流れているのは、血の流れではないか！　……ほら、ほら、いま堤防を越え、巷に血の川が溢れだしたぞ！
見えたか、……見たな！　確かに見たな！　目をそらさず血の川を凝視するのだ！
この人の世の、汚辱の血の川を厭う心が起きれば、心のなかは異常な炎から離れ、やがて、解き放たれることをお前たちは悟るであろう、
さすれば、人の悩みや苦しみから抜け出て、ついには輪廻転生からの解脱《げだつ》もかなうこと

になろう、
このことを忘れるな！

ここにこそ、仏教の根本的な精神が込められていることを知れ！

邪教に惑わされるな、迷信に騙されるな！

狂信的カルトを信じるな！　霊感商法に溺れ、家庭を破壊し、信者二世などを作るな！

仏の教えは学問のためだけのものでもなければ、葬式だけのものでもない！

まして過去帳を尊崇《そんすう》するなどとは、愚の骨頂であるぞ！

ああ、皆どもよ、お前たちは宇宙の意思である仏の慈悲の心で、生かされているのだ、ということを知れ！

ああ、皆の者よ、拙僧は広い視点に立ち、広い視野に目を注いでおる、見えたか、まだ見えんのか、……皆の者よ、ほら、見えてきたであろう、……そう、果てしない虚言の海に沈みかけた日本列島をお前たちは、とくと見たか、しかと己の目に焼きつけたか！

いいか、庶民の悲鳴を聞いたか、阿鼻叫喚を心に刻み込んだな！

皆の者よ、見え隠れする悪人どもは、いずれ血の海地獄に堕ち、その灼熱に焼かれる宿命にある人間どものクズなのだぞ！

そら、そら、……島が見えてきたであろう、果てしない虚言の海に沈みかけた日本列島を、お前はとくと見たか、しかと己の目に焼きつけたか、いいか、心に刻み込んだな？

皆の者よ、お前たちよ、この庶民の悲鳴を、阿鼻叫喚を聞いたか？　いずれは血の海地獄で溺れ、苦しみ踠《もが》く、奴らの面を見てやれ！　嗤ってやれ！

どれもこれも政治家や高級官僚や天下りの役人どもばかりだろうが！

新聞やテレビでよく見る顔が、うじゃうじゃいるのがわかるであろう、
権力の栄華はいっときに過ぎず、必ず腐敗し、終焉を迎えるものと歴史が教えていることを知れ！

いま、アップ、アップして、息絶え絶えのこれらの悪党どもを嗤ってやれ！

人間のクズだと大いに非難を浴びせてやれ！

見よ、悪党どもの体の隅々に発症した虚言性細菌ウイルスは、すでに五臓六腑を食い荒らし、
ほどなく人骨までもボロボロに砕き、藻屑となるは必定であろう！

これが虚言と権力を弄んだ者の末路であるのだ！

さてさて、皆の者よ、よもや、太平洋戦争の戦陣に散り、戦火に倒れ、あまつさえ、原

爆投下で被爆した無辜《むこ》の国民の散華《さんげ》を忘れてはいまいな！

日本列島の北から南の各都市に鉄の雨、黒い雨、それに加えて焼夷弾が雨あられのごとく降りかかってきたことを忘れてはいまいだろうな！

なかんずく、日本本土の防御のためとはいえ、皆の者よ、その悲惨さをゆめ忘れてはいないであろうな？

さあ、祈りを捧げようではないか！

黙祷！　………、
黙祷、終わり！

そもそも戦後生まれの戦争を知らぬ若者たちには、古老の私が、戦争体験者が、戦争の悲惨さを語り伝えてやらなければならないのだ、それが、この日本に生きるものの人倫であり、仏道にも通じる道であるのだ！

いいか！　皆の者よ！　老若男女の者たちよ、さ、今、おもいおこせ！

日本の国家的民族の一大交渉の当時を、いま一度想い起こしてみよ！

「核抜き、本土なみ」という当時の総理の意気込みは多とするが、外交交渉の最終局面に至り、反共産主義活動の一貫とはいえ、ついに核持ち込みを容認する密約を結ばざるを得

なくなった、それが真相であろう、
……だが、しかし、日本政府は、半世紀以上に亘る今日まで、一言も密約について語ってはいない、それのみか、いま現在、核密約はないと強弁しつづけておるのだ！
皆の者よ、遠からず、この日米最大の密約が白日の下に晒されるであろう、
そうせずして、沖縄に本土並みの真の平和が訪れることなどは決してない！
皆の者よ、想い起してみよ、
1945年8月6日に広島、同年8月9日に長崎に原爆を投下したのは米国であったし、爾来、皮肉なことに米国の核の傘に守られている事実を！　現実を！　知れ！
なんとした因果か、皆の者よ、この事実を直視せよ！　そして、そもそも国の防衛とは一体何か、国家とは何か、諸君、おのおのが、真剣に考えねばならぬ時であろう！
おお、皆の者よ、今、ご本尊さまである巨厳方便如来さまのお告げよると、
日出づる国の、この日本国政府の長きに亘る、しかも重大な密約についての虚言の連鎖は、その時、その場の最適の説法とされる方便力などは、いささかも通用せんと、釈迦牟尼世尊さまさえも匙を投げて、悲嘆にくれておられるぞ！
さもあらばあれ、さらにご本尊さまは怒声を発し、

『これでは日本国家の体をなしてはおらんではないか！　かかる不始末を糊塗しつづける故に、日本国は世界各国から嘲笑をうけるのだぞ！　喝、喝、喝、もう一つ喝だ！』

詰めかけた白衣姿の政治家どもが、広場を埋め尽くしていた、ラージマンさまが再び語りはじめた、

ここに集う罪人どもよ、在俗信徒の皆の者どもよ、拙僧につづけ！

日本政府は敗戦後、太平洋戦争の総括もせずに、現在に至っておるではないか！

速やかに総括をさせ、而して国民への謝罪を強く求めようではないか！

人は皆、時代も、国も、両親さえも、選べずに生まれてくる、しかも生きとし生けるものは必ず死す！

これが摂理であるし、自然界を支配している理法でもあろう、

現世は正しく、諸行無常なのだ！

朝に生を受けたり、といえども、ひとたび無常の風吹かば、夕べに白骨と化すのが人の身である！

皆の者よ、チェンジせよ、体制を妄信せず、独立自尊を保て！

私利私欲を捨てて人類愛に生きよう、ぞ！　そして、そして、

この地球を慈愛に満ちた王国としようではないか！

拙僧の説教はこれにて終わるが、

…………（お声がつまり、聞き取れない）

皆の者よ、さらばじゃ！

前に話したとおもうが、もう一度繰り返すと、安倍晋三元総理と名優・木村拓哉との共通点を挙げれば両人とも戦後生まれで、第二次世界大戦を体験していないという事実であるが、だからとはいえ、それを理由に、言い訳に用いてはならん、ということだ！

皆の者よ、もう一度繰り返して言うが、戦後生まれだという理由で、太平洋戦争に関することなど知らんでも、いいなどとおもうな！　よいな！

皆の者よ！　お別れ前に、『源氏物語』の作者である紫式部が、しばしば引詩や準拠したという白楽天のもじりでも聞かせてやろう！

ええ、えー、よいか、よいな？

「天長く地久しくも　時ありて、尽くるも
北斗の恨み綿々として　絶えるときなし」

これが偽らざる今の、わしの胸中である！

皆の者よ、深く反省し、罪を償うのだぞ！

長生きするのだぞ！

ほどなくラージマンさまは、背後の闇に消えていった。

あ？　ああ！　……かすかに音が聞こえる、……確かに、どこからか、コリン、コリン、コンコリン……枯葉の囁きのような音が聞こえてくる、……この私はいま、北軽井沢の鬼の泉水にいるようでもあり、……そうでないような気もするが、……え！　それよりも、今？銃砲の発射音が遠くで鳴ったぞ！　……確かに、確かに聞いたぞ？　だが？……気のせいかもしれない？　……いや、そうでないかも？　……私は卒寿を過ぎたころからか、動作が鈍くなり、オノマトペが伴わない、得体のしれない不安感にときどき攻めたてられているような心理状態になることが幾度かあったが、……そう、それが最近では、不気味な不安感に襲われているような？　いや、表現が違う！　……日毎に私は透明な縄で、じわじわと締め上げられていくような幽愁感に、私は襲われるようになり、……そう、それは何かというと、いくつもの理不尽な政治が重なり、遂に射殺音が聞かれるまでになったのだとおもわれるが、……そう、第2次安倍政権（8年間）を率いていた、第96代の安倍晋三元首相が、参議院選挙の遊説中に、統一教会の信者二世の山上徹也に手製のピストルで殺害された音であったのだったのか？

私たちは、いま寸時も油断できない、恐ろしい対決の時代に生きていると自覚してはいるが、日ごとに愉しい夢が、希望が、薄められていくみたいで、……そう、運が良ければ、6年後には多分、私は自宅か、通院先の病院のベッドにへばりついているだけの、意識朦朧とした老体で、白寿を迎えることになるかもしれないが？　……これさえも生きていればの単なる希望的観測にすぎないのであって、……そう、如何なる不慮の災難に遭い、突然死することもなくはないのだと、……そうおもうと、ただただ悲しくて暗い気持ちに落ち込んでしまい、私の涙腺が熱くなってくるばかりだし、……いや、過ぎ去った自分の人生の93年間を振り返ってみても、アジア人同士の国際間の事変や、他民族との戦いである大東亜戦争（＝太平洋戦争）での、自国と他国との争いの後、敗戦という敗北感を体験し、生まれてからは戦争一色に塗りつぶされた90余年間であったようにもおもえるし、硝煙と憂国に満ちた一生にもおもえてならないのだが、……しかしいま、よくよく考えてみると、明るく楽しくおもえる日々の裏では、地球上のどこかで、常に戦いの硝煙の臭いや大砲の音が消えたためしがないし、ジェノサイト（＝大量虐殺）が繰り返される不幸な時代に、いま私は生かされているとしかおもえないし、……これから先もおそらく、この憂鬱の日々は繰り返されていくに違いないと、心に牢記しなければならないだろう。

＊

フランスの映画界で、ヌーベルバーグという手法をいち早く提唱した有名な映画監督・ジャン＝リュック・ゴダールの著作（＝映画史）の文章は、饒舌でしかも独りよがりだから、大変理解に苦しむ人が多いとおもうが、私もそんな風に言いわけめいた文章になるかもしれないが、それは私の不徳の致すところであるから、暫くの間、我慢して頂きたいというほかはないのだが、……そうはいっても、そもそも事実のみにもとづく歴史書などは、この世に存在しないのだともいいたいが、……そう、ゴダール（＝91歳）が自殺幇助を受けて、致死薬を自ら摂取して他界したと知り、……朝8錠、昼2錠、晩5錠の薬剤で生かされている古老（＝93歳）の私だが、自分の寿命だけは全うしたいと、己に誓ったのであった。

近代日本の戦争（太平洋戦争の敗北まで）を考えると、日本帝国の植民地支配の拡大であった、といってもいいし、……そう、それはそれとして、おもえば今の日本国のことを考えてみれば、……米国に守られているような頼りない、しかも貧弱な日本国家であるとはいえ、太平洋戦争に敗北した私たちの日本国家が、共産主義化されるのを恐れて、私自身も共産主義は大嫌いではあるが、……元総理の岸信介氏が、A級戦犯から辛くも解放されて、アメリカ政府のエイジェント（CIA秘録・上・文藝春秋参照）になり、日本の戦後政治に君臨しつづけて、1959年から60年に全国規模で行われた近代日本の最大の大衆運動（日米安全保障条約改定反対の闘争）を経て、70年の条約延長の反対運動さえも、元岸信介内閣は見事に乗り切り、それ以後、日本の政界は、大叔父の佐藤栄作首相に引き継がれ、父親の安倍晋太郎外務大臣を経て、次男の安倍晋三（1993年7月の総選挙でトップ当選し、二度の官房長官を経て幹事長になり、首相に就任）は、第二次世界大戦後、政治一家の生まれではあるが、戦争体験のない戦後最年少の52歳で、首相に就任したのだったが、この血族のおかげで共産主義国にならずに済んだのであるから、私は感謝したいとはおもうが、……私は、それ以後の安倍晋三元首相の長期政権については少し言いたいことがあるが、……まず、安倍元総理の政治問題の項目をランダムに挙げてみると次のようになろう。

・宗教・霊感宗教、自民党と統一教会との関係？
・カルト・宗教・政治――国葬、令和時代の政教問題なども考えてみたい。

・自民党自体が統一教会のマインドコントロール下にあるのではないか？
・総裁選圧勝へ「桜を見る会」を、利用したのではないか？
・内閣総理大臣の主催・新宿御苑での「桜をみる会」の経費？ ……そう、統一教会の関係者を招待していたことが判明しているし、2013年から16年の「桜を見る会」に統一教会関係者が招待されていたという問題。

鈴木エイト著書（小学館）の『自民党の統一教会汚染』によると、新宿御苑の「桜を見る会」に下関市の後援会関係者数百人も招待をしていたし、統一教会は数百人も。更に222頁には、流出した資料によって、2018まで毎年300億円以上のお金が日本人信者から韓国の教祖一族に上納されていたことが判明している。霊感商法最盛期の2000年代前半には1000億円が納められたとも指摘されている。こうして日本人からあつめたお金が教団中枢や関連事業群を支えているのだ、とも書かれている。

合同結婚式で毎年300億円のお金が日本人信者から韓国の教祖一族へ上納されていたことが判明していたらしいし、驚くことに霊感商法最盛期の2000年代前半には1000億円が納められたとも指摘されているし、これらの項目は日本の政治にとっては深刻な問題であり、我々日本人の問題そのものなのであるが……？

だが、しかし、猖獗《しょうけつ》を極めていたコロナのワクチン接種も、厚生労働省の集計をみると、2回目の総接種数の4回目は5853万968人、になったことでもあり、マスク無しの方向に向かっているという明るい見通しも感じられるようになってはきたが、……そんな折に、名優・木村拓哉のお勧めのDVDを手に入れたから、といって長女の史と長男・大とその妻・裕子の三人の来訪があったから、その三人と私と妻を入れて五人で鑑賞したのであった。

＊

晴天がつづき、日々なんとも快適な朝を迎えることができて、私も落ち着いて、パソコン画面で、創作活動をつづけられているし、……あれほど、激しく鳴りつづけた嬬恋村の鬼の泉水の枯葉音のオノマトペも絶えて聞かれなくなってしまったし、……秘密の洞窟に住んでいるラージマンさまとも、すっかりご無沙汰したままで、平穏に一日が過ぎていくようになったのだが、なんとなく不安感が私の心中にあって、私はそれをすっかり拭いきれない日々を送っているのだが、……そう、それもそのはずで、ただ、私自身が、ロシアのウクライナ侵略戦争から目をそらせているだけのことであり、戦争自体は深刻なままであり、ロシアが原子爆弾を投下するという噂が、すっかり払拭されてもいないし、一つ間違えれば、北朝鮮や中国やロシアの共産主義国家と、われわれの民主主義国家との戦争（ハルマゲドンの戦い）がまったく消え去ったわけでもない、……そう、そう、第三次世界大戦（＝ハルマゲドンの戦い）は、既にサイバー空間で始まっていると見做《みな》してもいいだろうが、……さてさて、暗い深刻な話はこれくらいにして、……そう、それはともかく、お笑い創造派遣会社の吉本興業が110周年を迎えたそうだが、NHKや東京の民放五社はじめ、地方の関連局のテレビ番組にさえも、吉本興業所属のタレントの進出が目立ち、品のない姦《かしま》しさが増えつつあるのは事実であり、私たち高齢者のなかには、げんなりしている者も少なくないだろうし、これ以上、吉本興業所属のタレントの笑いが増えると、良識ある一般の視聴者たちを更に失ってしまいかねない、と私は少なからず危惧している老人の一人ではあるが、皆さんはどうおもわれるか？　……私たち老人会での話題では、品のない笑いは、もう、こりごりだ！

＊

話題を変えたい、……津田左右吉氏の著書『古代史の研究・神代史の研究・上代の研究』

を読むと、記紀の虚構性にオドロキ、「天照大神は男」、「神武当東遷は別人」「憲法十七条は贋作」などと書かれてあるから、私が少年時代に得た知識もずいぶん覆されて、私は呆然としてしまい、まるで戦時中の大本営の戦果発表に似て、私たち国民が騙されていたような気持ちにさえなり、その原因を考えると大変にショックだったし、……おもえば、明治神宮内にある展覧室の神武天皇から明治天皇まで、歴代の天皇の肖像画を拝覧したときほど、私が驚嘆したことはないし、……そう、それに携わった画家たちの二六〇〇年余に及ぶ想像力と創作意欲の恐ろしさというか、いや非常識な創作行為に私は、お手上げというか、ショックを禁じ得なかったのを正直に告白しておきたい。

そうそう、ショックといえば、2023年3月26日のNHK放送のテレビ番組で観た強烈な映像が蘇ってくるが、……それは、ユカタン半島に巨大な隕石が衝突して、粉塵を巻き上げて、太陽光と太陽熱が遮断され、加えて高さ300メートルの津波が発生したり、山火事が起こったりしたために、温度が零下になったりもして、恐竜たちが絶滅したと信じていた私が驚嘆したことは、生き残った恐竜たちがいたということと、生き残った恐竜たちが南極へ逃げのびて、白亜記六億六千万年前に恐竜村ができた、ということを知らされたからであり、このことは、私に限ってのことかもしれないが、歳を取るということは、既知の情報を修正することでもあり、未知の情報を獲得することでもある、とおもえてきて、私は己の未知に関して複雑な気持ちにさせられたのだった。

話は変わって、『マスカレード・ナイト』のメイキングを観ても、木村拓哉の撮影現場でのスタッフや主演者たちへの気配りが、私には手にとるようにわかるような気がしたから、これ以後は、名優木村拓哉の父親について少し触れると、……そう、名優・木村拓哉の父親の木村秀夫氏はサラリーマンを定年退職後に三鷹市で、……小品盆栽「秀の風」という珈琲店の経営と盆栽教室とを経営していて、指導教師として働いている経営者であり、母親の方子さんも、全国を講演行脚する活動家だそうである。

長男・木村拓哉、俳優（1972年11月13日生まれ、血液O型、身長172㎝）。

妻・工藤静香（歌手）で、二人の姉妹（心美、光希）がいる。

次男・木村俊作（元アメフトの選手）はアメフトの指導者として働いている。私の勝手な推察ではあるが、木村拓哉の父親・木村秀夫氏は、息子の幼少の頃から、今日の名優になる才能を見抜いていた節があるようだ。

それは彼の幼少のころ、ビンタを張ったりして厳しい躾をしたのは、精神面を鍛えていたとおもわれるし、木村拓哉が有名になるにつれて、父や母は静かに離れていき、家族のそれぞれが独立して、両親は遠くから温かく息子・拓哉を見守っているような感じがしてならないし、……木村拓哉についての演技はおろか、拓哉の家庭についても、いささかも干渉せずに、遠巻きで、優しく見守っている父や母や実弟の愛情を、私は強く感じてならないのだが、……この遠巻きの温かい愛情こそが、私の亡き両親もほぼそうであったから、名優・木村拓哉にも、そのように想像するのかもしれないが、……スタッフ一同に気配り上手な木村拓哉も、剣道で鍛錬しているせいもあってか、姿勢の良い木村も、きっと父親譲りなのだろうと、私はおもうのである。

２０２３年2月11日（土）、マスク緩和、政府は卒業式、新学期に着用を求めず。個人判断が基本、という緩和状態になる。これはコロナウイルスの被害が減少しつつある証拠で、3月13日からは、マスク着用の有無は、個人の判断に託されるというから、コロナ禍の終結は、そう遠くはないだろう、ともおもわれるし、……不織布のマスクが良いともいうが、「安倍のマスク」の廃棄処分は一体どうなったのか？　費用の合計金額はいくらだったのか？　……それを私は知りたいが、皆さんは、どうだろうか？　……。

２０２３年3月30日（木）21時、フジテレビ放送の『教場～前編～再・最恐の教官、再び！』を観ると……そう、TVランキングでは、7位で世帯12・1の記録であったので、まあまあ及第点と言ってもいいだろうが、名優木村拓哉の出演が久方ぶりのテレビにしては、喜ばしいことではあるが、私には少なからず不満が残っていて、……それは?……そう、あくまで古老の私の感想なのではあるが、……長い廊下を歩く木村君の後ろ姿は、背筋が伸びていて美しいし、凛とした気位を私に感じさせてやまないし、演技を超えた、父親譲りのものであるのかもしれない、いや、木村家の家訓そのものの映像による再現と言ってもいいかもしれない、と私はおもうのだが、……しかし、演出に関して触れると、リアリティを欠くショットが、いくつも目立ったので、それについて触れておきたい、……それは、映画監督だったら決してやらないとおもわれる、ご都合主義ともいえるショットであるが、砕いていうなら興醒めのショットとも言えるから、やめてもらいたいのだが、……ほかに一例を挙げると、それは予め決めておいたフレームへ、演技者の木村君のアップ・ショットの顔を、生の演技ではめ込んだ、としかおもえない演技のようにおもわれて、不自然な動きを要求する演出手法のことであるが、そう感じ取れたから、私は興醒めしたことが強く心に残っているのであるが、これもリアリティを打ち壊す何物でもないし、演出家は心すべきことだ、と私にはおもえてならなかったから指摘したのだが、……2023年4月5日ヨル9時フジテレビ放送の『教場Ⅱ〜前編〜再・最恐の教官、再び!』を私が観た感想についていうと、名優木村拓哉の演技力が素晴らしかったという一言に尽きるのであるが、しかし元演出家として私が気になった箇所について若干触れると、それは射撃訓練場のシーンの柵越えに移動車のレールまで敷いて、ピストルの銃口をつぎつぎとビッグ・アップで移動撮影をするシーンについてなのだが、これは、リアリティを損なう、興ざめのショットというほかないし、……そう、ただ演出家の遊びに過ぎないから、やめたほうがいい。できることなら、突き放したイタリアンリアリズムでありたい、と私は感じたのであった。

＊

数日後、キムタク・ファンの長女の史が、DVDコメディドラマ『シェフ　三つ星フードトラック始めました』を3人（父母と自分）で観たいといって、持ってきたので、ワイフと私と史の3人で静かに鑑賞した。

……観終わってから、キムタク・ファン同志として、話に花が咲き、なんとも愉しいひとときを過ごさせてもらったのだったが、……その時ふと、私の頭によぎったことがあるので、それについて記述しておくと、この映画『シェフ～』は『アイアンマン』シリーズ監督のジョン・ファヴロー自身が、監督と製作・脚本・演出・主演の四役をこなしていたからであり、……演出・木村拓哉、主演・木村拓哉のDVDを計画するプロデューサーが、一日も早く現れてほしいものだ、と私は切に願わざるを得なかったし、……さて、名優・木村拓哉監督なら、どのようにこの主演と監督をこなしたであろうか、……などと私が期待したからでもあって、……さて、これから先の私は、苦々しい気持ちにさせられるのだが、あれは確か、……記憶をたどると、そのテレビドラマ放送は、えーと、……そう、2023年4月6日（木）21時、フジテレビ放送の『教場Ⅱ〜後編〜再……明かされる右目の過去』の後編を観ての私の感想は、少々落胆をしたし、前編と後編の放送順序が逆のように感じられもしたのと、……その他に私が強く感じたことは、名優木村拓哉本人のことではなく、演出やスタッフに関することとなので、一時は割愛して黙過することに決めたのだったが、……それは止めて、私の印象に残った場面や、台詞を指摘しておくと、父親が検挙されて立ち去るシーンで、子役の台詞が、「お父さん、待っているね」と言わせているが、私なら「お父さん、早く帰ってきてね」と言わせたい、……その訳は、前者には大人びた諦めがあるように感じとれたし、後者には息子の切迫した感情がこもっているようにおもったからであり、私ならきっと後者を選ぶだろう、……加えてドラマ自体の進行（＝シナリオ）に無理があり、謎解きみたいに難解な感じを受けたし、テレビのドラマの一過性を考えると、少々理解に苦しみもした、と正直に吐露しておきたいとおもうし、……台本に気負いが感じられ、テレビドラマには少し無理な流れ（わかりにくい）だったと感じもしたし、警察官が転向した実習生（刑事役の者）が、警察手帳を片手に、犯人と思しき父親に職務質問するという行為といい、犯人のいる現場（アパートの玄関内）に、風間公親指導官（＝木村拓哉）が直立不動の姿勢で立って見守っているなどということは、原作通りとはいえ、些《いささ》か現実離れした物語の感は免れないだろうし、……加えてドラマの画面があまりにも暗すぎるし、放送時間も遅すぎると私は言いたいし、製作スタッフへは、名優・木村拓哉をもっと大切に扱って欲しいものだと、私は強くおもったし、……それが昔、テレ朝のドラマ・ディレクターだった私の正直な感想である。

私は木村拓哉を名優と書いているが、何故、私が彼を名優と讃えるのか、という理由、つまり客観的評価を書かずにいると、単に一ファンの誉め言葉とおもわれかねないから、それを打ち消す意味でも、彼の偉大な足跡と受賞歴を書き残しておくことにしたい。

私は……そう、名優・木村拓哉主演の作品のメイキングをいくつか観ているが、彼（＝木村拓哉）のように、率先して裏方さんたちへ気配りをする男優を私は知らないし、……

それればかりか、彼は、常に台詞は完全に記憶済みであるだろうし、相手役の台詞までもきっと覚えているに違いないと、おもえるような演技をいく度か観て感じたことがあるし、そんな動作（演技）に私は感服させられるのであるが、それでいて彼ほど偉ぶらないで、己の技量（＝優れた演技力）を秘めている役者を、私は他に知らない。

撮影現場でも目上の人は勿論のこと、目下の役者やタレントさんにも、一切差別することなく同じ言葉で同じ態度で、常に接していることは、彼の主演ドラマのメイキング・ビデオを観ると感じ取れるし、噂通りであったことを、私はいくども確認してもいるから、私には「木村拓哉君は希代の名優である」と頷けるのであるが、……そう、その証拠である作品名と視聴率を併記した一覧表（左記）を見ていただけば、お分かりになると私はおもう。

放送年	タイトル	テレビ局	最高視聴率	受賞歴
1995	人生は上上だ	TBS	23・2	
1996	ロングバケーション	フジテレビ	36・7	アカデミー賞
1997	ラブジェネレーション	フジテレビ	32・5	アカデミー賞

1997	ギフト	フジテレビ	23・0	
1998	眠れる森	フジテレビ	30・8	アカデミー賞
2000	ビューティフルライフ	TBS	41・3	アカデミー賞
2001	HERO	フジテレビ	36・8	アカデミー賞
2002	空から降る一億の星	フジテレビ	27・0	アカデミー賞
2003	GOOD LUCK!!	TBS	37・6	
2004	プライド	フジテレビ	28・8	
2005	エンジン	フジテレビ	25・3	
2007	華麗なる一族	フジテレビ	30・4	アカデミー賞
2008	CHANGE	フジテレビ	27・4	アカデミー賞
2009	MR・BRAIN	TBS	24・8	
2010	月の恋人～MOON LOVERS～	フジテレビ	22・4	
2011	南極大陸	TBS	22・2	
2012	PRICELESS ～あるわけねぇだろう、んなもん！～	フジテレビ	20・1	アカデミー賞
2013	安堂ロイド・A・I・knows LOVE?	TBS	19・2	

2014	HERO	フジテレビ	26・5	アカデミー賞
2015	アイムホーム	テレビ朝日	19・0	
2017	A LIFE～愛しき人～	TBS	16・0	
2018	BG～身辺警護人～	テレビ朝日	17・3	
2019	グランメゾン東京	TBS	13・3	アカデミー賞

以上の一覧表は、23歳の木村拓哉君がドラマ・デビューして以来（＝24年間）の実績そのものである。

なお、名優木村拓哉の主演映画作品の公開年一覧（ジャンル別）も加えておきたい。

作品名	公開年	ジャンル
シュート！	1994	青春
君を忘れない（1995年）	1995	ヒューマンドラマ
2046	2004	恋愛
ハウルの動く城	2004	アニメ映画
武士の一分（いちぶん）	2006	時代劇

ＨＥＲＯ（２００７）	２００７	ヒューマンドラマ
アイ・カム・ウイズ・ザ・レイン	２００９	ヒューマンドラマ
ＲＥＤＬＩＮＥ	２０１０	アクション
ＳＰＡＣＥ　ＢＴＴＬＥＳＨＩＰ　ヤマト（実写）	２０１０	ＳＦ
ＨＥＲＯ	２０１５	ヒューマンドラマ
無限の住人（実写）	２０１７	アクション
検察側の罪人	２０１８	サスペンスミステリー
マスカレード・ホテル	２０１９	サスペンスミステリー

以上（ザテレビジョン・朝日新聞エリア広告特集を参考）

名優・木村拓哉主演のテレビドラマといい、映画作品といい、これが名優・木村拓哉の実績そのものであり、誰しもが名優・木村拓哉のこの足跡には驚嘆することだろう。

話は変わるが、「ビーフステーキに『ジャックダニエルオールド№７ＢＢＱオリジナルソース』をつけて食べると美味しい」と木村拓哉さんが勧めているから、やってみたらどうかしら？」と長女の史が私に勧めるから、早速、ワイフがその通りにしてみたら、私たちの夕食がとても美味であったし、……事程左様に家族全員がファンなのであり、名優・

木村拓哉の映像作品について、明るく、真剣に、そう、和気藹藍とした話し合いは、家庭を明るくし、談笑の声が、空の高みへ広がってゆくような気がして、明るい気分になれて古老の私は言うに言われぬ楽しい気分にもなれるから、嬉しいのである。

そうそう、心の温まる話をおもい出したぞ、……世田谷区の淡島通りにあるアメリカ製品の古着屋「US」へ、木村拓哉が、後輩の二宮和也君を誘って行き、「君はスターなのだから、もう少し、自分の着る衣装にこだわりを持ちなよ」といって、店の更衣室でイカしたアメリカ製の衣服に、着替えさせて、似合う商品選びを手伝ってやっている木村拓哉のなんとも微笑ましい友情を、テレビで観ていて、私は、温かい友情に感心させられたことを覚えてもいる。

＊

さて、ここで私の中学生時代について触れると、……戦前、私は三田にある慶應義塾商工学校に入学することができたのだが、……山の下教室で勉学したという記憶は薄く、私の印象に強く残っているのは、三八式歩兵銃の分解掃除の正しい方法を教わったことと、連日、山の下のグランドを、生徒全員が一糸乱れず三度ほど回ると、配属将校の声が、「次は山の上校舎へ向かって進め！」と号令がかかり、坂道の行進がつづき、山の上の校舎を右手に見て、瀟洒な英国風の講堂前を、行ったり来たりを十往復ほどやると、「小休止！」と教官の怒鳴り声がして、私たち新入の生徒たちは、痺れかかっている両足のゲートルを緩めて、巻きかえたりして、一息入れると、山の下のグランドへ再び行進して戻るや、こんどは銃剣術の稽古がつづき、午前の授業が終わり、日の丸弁当の昼食になる毎日であった。

やがて米穀通帳の支給を受け、家族の空腹を凌ぐために、父と兄と私の男性三人が、上野駅から食料の買い出しに出かけるようになり、リュックサックを担いで上野のプラットフォームに降りたら、警官に追われて、私たち三人は懸命に逃げ帰ったことが、最近になって夢に出ることもあるし、……そうそう、隣組ができて、回覧板が回ってきたりして、……そう、母や婦人会の人たちまでもが、広場で竹槍の訓練や消火訓練が始まったから、家族会議で話合いがおこなわれ、疎開先は父の生まれた栃木県か、母の実家がある大分県か、……そう、全員一致で大分県に決まったのは、海が臨めて、「魚が食べられるから」というのが、決め手になったのだった。

私たち一家は、東京南青山二丁目の借家から、母の生地の大分県臼杵町に疎開したから、やっと入学試験に合格できた慶應義塾商工学校も一年足らずで、県立臼杵商業学校に転校を余儀なくさせられて、忠と孝の二つの組のうちの、忠組に編入させられたのだった。

臼杵町の教室での授業も、雨の日のみであり、教科書もガリ版摺りの貧弱なものだったし、それに加えて学校や配属将校の方針は、晴耕雨読が基本的な考えであったから、晴天の日は学徒動員に駆り出されて、授業を受ける日は珍しく、少なかった。

晴天の今日も、船大工の真似事みたいな作業で、苦しい材木運びとはちがい、大変に楽な作業であった。

「わりゃ、私立の中学じゃけんど、おれは県立じゃぞ」

というのが口癖の同級生の岩見君が、私に声をかけてきた。

「おい、村上、あんまり舟の縁ばっか、見ちょると、酔うけん、憩いながらやらにゃいけんよ……遠くを見んかい、ほら、言わんこっちゃなかろうが！　……津久見島や黒島を眺めりゃ、じきに、そんな船酔いはなくなるがや！」

私がその通りにしてみたら、直ぐに船酔いは治まったから、ホッとしたが、いつもなら疎開っ子と言われて、バカにされるのだが、今朝はそうもされずに済んだのが、なんとも嬉しかった。

私は成長ざかりに東京は食料難だったから、自分はこんな貧弱な体格になったのだろうか？　……と暗い気持ちになるはずだったが、今日はそうならずに済んだのである。

私が臼杵湾の新地にある東九州造船所の一隅で、新造の伝馬船《てんません》に乗り込み、舟板と舟板の間隙に檜皮《ひわだ》を木槌で埋め込む作業をしていたのは、海水の侵入を防ぐためであるが、……八月の空は限りなく澄み渡り、広大な紺碧の遥か遠い沖から波が打ち寄せてきて、ばちゃっ、ばちゃっ、と音を立てて船端でくだけると、緩慢な揺らぎを伝馬船に残して、消え去るのだが、……その波の余韻が私のからだの芯からすっかり消えないうちに、また、次の波がやってきて、新たな揺らぎを作るから、不覚にも私は船酔いしたらしく、苦しんだのだった。

……私の学徒動員は、すでにこの水ヶ浦の勤労奉仕で数ヵ月が経過していて、朝9時に自宅からここに直行し、毎日、大工の真似事をさせられていたから、カンナの刃やノミの刃を研いだり、手斧を使ったり、時には小屋作りの手伝いで、高い梁の上に乗り、危険な掛け矢打ちまでやらされたこともあったが、……それぱかりか、丸太や角材運搬で右肩の皮膚が剥けて、数日間ひりひりと痛んで苦しんだこともあったが、……いま、命令されている、この伝馬船の檜皮打ちは、昨日、棟梁に手ほどきを受けたばかりで、比較的楽な作業といえた。

「……のどかじゃのう！……、爆音もサイレンも鳴らんが、な、……こんでいいのじゃろうかのー」と同級生の岩見が、口を尖がらせて言ったから、黒島や三ツ子島を眺めたままで、私はこう返事して、

「だいぶ、胸が、すっとしてきたよ。もともと私は、船酔いしない質《たち》なのだけどなあー？」

「……空は真っピイなー、こんで、日本帝国が戦争しちょるとは、おもえんな？」

「B29から降ってきたあのアメ公の宣伝ビラには、『三月、四月は灰の国』と書かれてあったが、東京も大阪も焼け野原じゃそうだ！　それにこの六日と九日は」

「ピカドンの投下じゃろう！　わしは、もう、神風は吹かんと、とっくにアキラメちよるけん、……どんならんわい！」

私自身は、まだ神風が吹くのを信じているし、……この神国日本は断じて負けることなどない、と神州不滅を固く信じてもいるし、……だが、しかし、この異常ともいえる穏やかさが、気になってならないのだった、……いや、不安でさえあるのだった、……？

「ピカドンか、悲惨よなー、……ああ、じゃけんど、鬼畜米英に負けるこあなかろうが！なんちゅうたつ、こん日本国は二六〇〇年もつづいちょる神の国じゃけん、……神風特攻

隊、回天特攻隊、それに本土じゃ、竹槍で一億玉砕があるけん、まだまだ、日本は負けやせんぞ！　……わし、ちょっくら、クソば、ケバってくるけん、……ほーい、ほい、ほい、……」

あの岩見の野郎が、大きな屁をのこして、去っていく、……（いつも岩見のヤロウ、臭い屁をたれやがる！　ほほ、ほー　目に沁みるぞ！）、……「朕、おもわず屁をひって、爾臣民臭かろう、か」そう呟きながら私は、小舟の中で寝転んだまま、じっと青空を眺めながら、……「神風特攻隊の敷島隊、大和隊、朝日隊、山桜隊は、一体どうなったのだろうか？　……、え、ええ？……左足の小指が冷たい、こりゃ、海水の浸水だぞ！　こりゃ、まずい！」

と私は、起き上がり、慌てて桧皮を小伝馬船の舟板の隙間に木槌で打ち込みはじめたら、遠くで叫ぶ声がして、「オーイ、集合だ！　全員集合だぞ！　早よ、こんか！　早よ」

遠くで岩見の奴が叫んでいるのだった。

早くも……勤労奉仕の学生や大工の作業員らの、五十人ほどの全員が、事務所前に集合させられていて、……いま、事務所の責任者（＝大工の棟梁）が、ミカン箱に立ち上がり、「正午の時報に引きつづき、重大ニュースがありますけん、全員起立して、ラジオを聞いてください！」

と大声で叫ぶと、やがて正午の時報が鳴り、君が代の曲がラジオから流れだした。

「朕深ク世界ノ大勢ト帝国ノ現状トニ鑑ミ、…時局ヲ収拾セムト欲シ…爾臣民《なんじしんみん》ニ告グ…米英支蘇四国《しそしこく》ニ対シ其ノ共同宣言ヲ受諾スル旨通告セシメタリ」

甲高い声の語尾に震えがあり、不十分な音量なので、とぎれとぎれで聞きづらくて、……声の節回しも弱々しいし、……「高祖皇宗《こうそこうそう》、…朕…今後帝国ノ受クヘキ苦難ハ固《もと》ヨリ尋常ニアラス爾臣民ノ…朕ハ時運ノ趨《おもむ》く所堪へ難キヲ堪へ忍ヒ難キヲ忍ヒ以テ萬世ノ為ニ太平ヲ開カムト欲ス……」

私の両足の震えがひどくなりだした。

「諸君らは、明日から学校に戻りなさい！　ここには、もう、来なくともよい！　解散！」

と叫び、棟梁の所長はミカン箱から降りた。

私は太平洋戦争で日本国が負けたことを知らされ、悔しくてならなかったし、「へい！　こんなところに二度と来てやるものか！」と呟くと、両目から涙がこぼれだしたので、足元の土を蹴って、この作業場を出た。

私は、愚痴とも、悲嘆ともおもえる魂の声が、胸中で叫び出した！

慰問袋がなんだ！

千人針がなんだ！

一億総特攻はどうした？

一億玉砕？　チャンチャラ可笑《おか》しいや！

大和魂はどこへ消えたのか！

私は心でそう喚きながら、家路を急いでいたら、……海鳴りが聞こえてきた、……黒島の先の津久見島の沖から、海鳴りが、特攻隊の絶叫みたいに聞こえてくるぞ！

まるで、四〇〇〇人の神風特攻隊の戦死者の叫びのようだ！

三五〇萬人もの戦没者の嘆きが、悲鳴が、叫び声が波のように押し寄せてくる！

昔の私の日記帳には、ここまで書かれてあったが、古老の私が、今、書き足すと……そう、
……昭和一桁生まれの、戦前生まれの者どもよ、なすべきことは、太平洋戦争を総括することであろう、……急いでやれ！　……どうした？　いまだにその動きは見えないではないか！　……ならば、戦後生まれの政治家がやるよりほかは、なかろう！

「私は生まれていませんから、よくわかりません、などと言って、逃げる元総理がいたが、そんな奴は、国会議員でもなければ、日本人でもない！　ましてや日本国の総理になる資格などはない！　速やかに戦争の悲惨さを次世紀へ語り継ぐことが、責務であろう！

＊

私は日本帝国陸軍一色に染められた青山という町で生を受け、入学するや慶応義塾の丸帽を捨てさせられて、戦闘帽や国民服まがいの校服を身に着け、食料の買い出しで、上野駅で、警官から追われて逃げまどい、疎開先へ転校するや、忠と孝の二つの組に分けさせられ、銃剣術をやらされて日が暮れていく、……それ紅軍だ、やれ白軍だ、またもや、辛いあの匍匐前進をくりかえしやらされて！　明けても暮れても教練で、月月火水木金金の休日なしの訓練つづき、……、ああ、それのみか、防火訓練もはじまって、梯子上りだ、火叩きだ、バケツリレーだで日が暮れて、空襲警報鳴、鳴りだすと、切り通しの土手の横穴防空壕へ駆けこみの避難をし、ハラハラ、ドキドキ、……月夜の晩には、豊後水道を北上して飛来してくる爆音はB29の編隊だ！　ああ、……いやだ、いやだよ、暗い夜空にバラバラと、花火みたいに盛大に落下してくのは大量の焼夷弾だよ、小学校の校庭に突き刺さり、その数、十や二十じゃなかったぞ！　校長、町民、生徒たち、涙流して泣き喚く、……疎開先の臼杵商業学校に転校してみたら、「晴耕雨読だ！」だなどと配属将校に怒鳴られて、ゲートル巻でビンタされ、朝早く鎮南山に登らされ、松根油採りまで学徒動員でやらされて、苦しみもがき、それが終わると、田の草取りの勤労奉仕で日が暮れる、……ああ、……そう、それのみか、船大工の真似事までもやらされて、丸太担ぎや角材担ぎで怒鳴られて、敗戦の玉音放送をラジオで聞かされて、……あ、ああ、惨めな記憶がつぎつぎと頭の中でぐるぐる回り、……あ、ああ、あ、私の青春どこへ行った？　……教室の黒板、遠くなり、学問捨てて、辛い徒労の小屋作り、釿《ちょうな》や掛矢《かけや》を振り下ろし、俄作りの船大工にも扮し、苦労はしたが報われず、怒鳴りまくる大工の棟梁や配属将校に脅え、ああ、……校長先生、教頭さんに、担任さんよ、ムダな労働だぞ、学徒動員は、……ああ、それなのに、それなのに、……不満たらたら、次から次と噴き出して、夜空の向こうは、B29の編隊だ！　……暗い夜空に爆音高く轟かせ、降るわ、降るわ、赤く燃えて落下する焼夷弾だ、爆弾投下だ！

東京府は、焼け野原に一変し、閃光、きのこ雲、黒い雨が降り、……ああ、原子爆弾投下され、

広島、長崎、灰だらけ、
大都市東京、大阪は、死体の山だよ、見渡す限りの焼け野原、
敗戦だ、無条件降伏だ！　買い出しだ！　米を求めて、さ迷い歩き、物々交換で米と替え、
ああ、いやいや、もうやめた！
村上よ、十七よ！　泣くな！　嘆くな！　立ち上がれ！
日本国の政治家たちの、ニセ義憤に惑わされたりするのではないぞ！
大東亜戦争の、太平洋戦争の真の語り部になれ！
あ、あ、あ！　今なお海底にさまよう無数の御霊たちへ
花を、明香を、読経を衷心から手向けようではないか！
あ、あ、戦勝を信じた私の青春よ、若い情熱よ、どこへ消えてしまったか！
村上よ、十七よ，祈祷しようぜ、花を手向けようぜ！
「海風は御魂《みたま》の嘆きか。海神のそれか
海鳴りは御魂の怒りか、海神のそれか
海神よ、藻屑と散った特攻隊の

神風、桜花、回天の特攻隊員らの、
御魂や叫喚を風化なさせ、そ！」

と念じつづけた私は、自分の心痛の原点を知り、暗澹《あんたん》としたおもいに駆られて、この揺らぎは、おそらく死ぬまで取り除けないだろう、ともおもいつつ帰宅したのであった。

その後、この終戦記念日の八月十五日がもたらした敗戦報道の悲しみは、私の心に刺青のように残りつづけるだろう！　……とはいえ、青春のすべてを捨てて散った特攻隊員たちの肉弾を、如何に後世へ伝えたらよいのか、評価や総括を誰がすべきか？

あ、あ、これらの大平洋戦争という狂気を誰が、如何なる手立てで語れというのか？

ああ、……永久抗戦の命令を信じ、敵や味方の人肉食いまでやらされて、戦っている兵士達を置き去りにして、永久抗戦の解除もせずに、平然と日本本土に逃げ帰った将軍や参謀どもを絶対に許すな！

……えッ、え？　……あれ？　大きいぞ、地震だぞ！　……日本列島の北海道から南の沖縄にまで震度3か、いや5強ぐらいの地震に襲われたようだが、……私はあの洞窟の底へ向かって走りだしていた、……地底のような、あの金輪際という洞穴の広場で、……私はラージマンさまと鉢合わせになってしまい、

「村上十七よ、現世の地上に起きる地震現象にいちいち脅えて、わしが住むこの洞窟に、それも事前連絡なしに、気安く駆け込んでくるような真似はよせ！　……生き抜くということは、心をリセットして希望をもって、また明日に向かって進むことであるぞ！　そうする決意でもあるのだぞ！　……ここは秘密の洞窟で、わしが秘かに憩う金輪際でもあるから、以後、注意したまえ！　……でもな、村上よ、お前の敗戦の叫びの内容は、特記に値するぞ！」

「はは、ありがとうございます。ラージマンさま！」

「ま、まま、……村上十七よ、貴公はだいぶ人間として成長したな！　……いや、ところで、地上ではさまざまな事件や現象が起きているようじゃ、な？」

「はい、ロシア軍とウクライナ軍の戦いが、収まるどころか、ますます激しさを増し、ハルマゲドンの戦いになるのを、私は恐れておりまして、……ラージマンさま、何かよい解決策はありませんか？　……何かありましたら、お教えください！」

「おい、こら！　十七よ、お前はすでに知っておるはずだぞ！　ただ、忘れているだけじゃよ」

「は？　……ラージマンさま、そう言われましても？　……私、村上にはトンとわかりません、……それでは、これにて失礼いたします」

コリン、コリン、コンコリンのオノマトペの音に急かされて、私が振り向いたら、小型パソコンの創作机のある仕事場に戻っていて、夢から醒めたような感覚が、まだいくらか頭に残っているようであった。

さて、ここで、映画に関する話に移るが、私が長い間、関心を寄せていた、同年配の映画監督（1930年誕生）のジャン＝リュック・ゴダール監督が、自殺幇助（＝積極的安楽死）で人生の終幕を迎えた、ということを知り、暫く感慨にふけっていたが、……彼の出現は、映画界にショックを与えたし、とりわけゴダール監督の映画作品『勝手にしやがれ』では、街頭ロケや即興演出、独創的な編集で、当時の若者の文化を、活写してもいたし、先鋭的な感覚で、それまでの映画製作の手法を打ち破って、映画の新たな革命（ヌーベルバーグ）をも先導していて、『女は女である』や『気狂いピエロ』などの映画の代表作を次々と製作して、映画の可能性を追求しつづけていたのだったが、特記すべきは2023年5月6日の朝日新聞朝刊で彼の死を知り、一時茫然となったのだが、古老の私は「自然死を迎えるまで、生きつづけてやるぞ！」と自分自身に固く誓ったのだった。

さて、ここで前述した動的映像芸術から、日本の戦後政治に切り替えて考えてみたいとおもうが、……統一教会の宗教2世よ、草食男子よ、ラベル人間どもよ、「ゆとり世代とか、ホモソーシャル」などという言葉に酔うことなく、たまには日本国家を俯瞰して考えてみたらどうだろうか？　……政府（国土地理院）が、35年ぶりに日本の島を数え直したら、1万4125に倍増したという？（朝日新聞・2月15日の記事）このことなどは、如何なる理由があるにせよ、縦割り行政の調査手抜きというほかないが、この種の話ではなく、……忘れかけている森友学園問題、加計学園問題、桜を見る会の問題、統一教会に関する問題、つまり自民党と統一教会との関係解明は轍鮒《てっぷ》の急《きゅう》であるとおもわれるから、戦後政治、とりわけ3000余日に亘って君臨してきた第二次安倍政権発足の8年間を振り返ってみることにしたい。

＊

まず、はじめに、鈴木エイト著『自民党の統一教会汚染　追跡3000日』という書物を見ると、……事件の10月前に、この宗教団体のフロント機関が主催するオンライン集会に予め撮影したビデオメッセージでリモート登場した安倍晋三氏は、基調演説のなかで、協会の最強権力者への讃辞をのべていた。全世界へ配信された安倍の基調演説を見た二世の山上徹也は犯行を決意。この「動機」は山上の思い込みなのか、それとも一定以上の確度をもって裏付けられるものなのか。その検証は第2次安倍政権後、9年間、3000日以上にわたって自民党とこの宗教団体を追ってきた私だけがなし得るものだった。日本の憲政史上最も長い期間、内閣総理大臣をつとめた安倍晋三氏が殺害されるに至った道程を記す（同書プロローグより引用）。

尚、同書の222頁には、こうも記述されている。

——流失した教会内部資料によって2018年まで毎年300億円以上のお金が日本人信者から韓国の教祖一族へ上納されていたことが判明している、とあるが、……私はこうもった、……恐ろしいことだ、悲惨なことだ、と。

……日本の最大与党が、日本国民を犠牲にしてまで反共産主義化を推し進めていたし、……統一教会の霊感商法による悲惨な犠牲者やその二世信者たちの苦しみなどは全く無視して、逆に協力を仰いでいる始末がよく理解できるので、……私はこの本を傍に置いて、現在の日本政治について論及してみたいと考えた。

私の一日のはじまりは、朝刊の朝日新聞の一面の見出しを、ざっとみて、次に新型コロナウイルス感染者数の小さい表を必ず見るようにしているが、それは私が地震大国の日本国の生まれで、93歳の高齢になったからなのか？　……まだ死にたくないという意識が強く働くからか、そのいずれでもあるだろうが、……頻繁に大地に揺れが起きると、私は、不安で、不安で、落ち着きを失い、じっと座っていられなくなり、立ち上がったり座ったりを、慌てて意識的に繰り返したり、……それとも創作中は、ラージマンさまがいる洞窟の底に駆け込むか、のいずれかをしたりするが、後者の場合は、例の、そう、枯葉音のオノマトペの知らせが、聞こえてこないと、それは叶わぬことなので、ただ、ひたすら地震の治まるのを待つしかないのであるが、……そう、東日本大震災から12年も経過していて、私たちは、２０１１年3月11日発生という日も、マグニチュード9・0（日本国内観測史上最大規模）ということを忘れがちではあるが、令和のこの地震で死者は約2万人、行方不明者２５００人、負傷者約６２００人（以上は内閣府の被害対策本部資料）であり、更に深刻なのは東京電力福島第一原子力発電所が、「全電源喪失」という緊急事態が発生して、あれから12年も経過しているのだが、……そう、それに今年は、関東大震災から丁度１００年目にあたることなどを知らされると、古老の私は落ち着きをなくし、ハラハラ、ドキドキしながらパソコン画面で、創作活動をつづけているありさまだから、創作速度は下降線をたどり、とうとう前へ進めずに停止してしまい、……それが私には、なんとも情けなくてならないのだ。

＊

さて、ここで特記すべきは、日本人にとって重大な事件に移ることであり、そう、……ほぼ、一年前の……忘れもしない、確か？　備忘録をみると、2022年7月9日（土）参院選投開票日を2日後に控えた8日の昼に、自民党候補の応援演説に奈良県を訪れていた安倍晋三元総理が銃撃を受けて亡くなったことだ。

そう、あれはマイクを握ってから2分余りのちに、聴衆の面前で手製の銃で撃たれ、心臓に大きな穴が開き、失血死したという事件の一部始終の実景を、私は報道番組の生中継で観ていたから、愕いたのだった。

容疑者は、元海上自衛隊員で、「政治信条に恨みはない」と供述したというが、すぐに「民主主義を否定する暴挙」と新聞協会会長が談話を発表したし、私もまったくそれに同感であって、これは議会制民主主義を否定する暴挙であって、決して許されるものではない！私は一日中、己を見失うほど怒りが収まらなかったし、……次に私も国民も関心事は、安倍元総理の葬儀のことに移るが、……どうなることか？　と私は関心を持ち、まず、自民党葬が考えられるが、……そう、安倍晋三元総理の在任期間が憲政史上最長の8年8カ月に及ぶことから、その実績に対する評価が割れていたのだが、……国葬に決まった。

その点についてては、私も異論はないし、同感ではあるが、……そう、元首相の吉田茂氏に次いで、二人目となるのであるが、……安倍氏の政治手法や森友・加計・桜を見る会といった「負の遺産」に対する批判があったことは否めない事実であり、岸田総理が閣議にも諮らずに独断で決めたから、その評価が割れていたのだったが、……そう、麻生副総裁の助言やら、皇后さまも、凶弾で命を失った安倍晋三首相（享年67歳）を悼まれて、「安倍国葬」を切望（＝週刊文春）との記述もあったりしていて、この国葬の件に関しては、私自身はただ黙過することに決めたのだが、……そうはいっても、「この暴挙は民主主義の破壊行為そのものであり、断じて許されない！」と私は憤りを覚えたし、……「安倍晋三元首相のご冥福をお祈りしたいともおもうし、選挙が凶弾に蹂躙されることなどは断じてあってはならない！」と憤りを幾度も感じていたことを率直に吐露しておきたいし、……のちほど判明したことは、犯人は41歳で、山上徹也という元自衛官であり、統一教会信者二世だ、ということであった。

＊

さて、毎日、私が深刻な顔をして過ごしているからか、長女の史が、名優・木村拓哉のお勧めの――DVD・VIDEO（監督・ハーバード・ロス、主演・ジュリア・ロバーツ）『マグノリアの花たち』人生を彩るものは喜びと涙、そして笑顔、六大女優がスクリーンに花を咲かせた感動ドラマ――という作品を妻と私と長女の史の三人で観たが、高齢のためとコロナ禍で外出もままならない私のために、試写会をやろうという史の提案がとても嬉しかった。

……（木村拓哉君はこの種の作品が好みであったのだろうか？）……そう、仮に名優木村拓哉が監督をするとしたら、……そんな気持ちで、私は観終わったのだが、……そう、でも、こんな大女優たちが、果たして日本の国内で、すぐに揃うだろうか？　カット数も多い、だから……こんな超優秀なスクリプターが、日本の国内ですぐに見つかるだろうか？　それればかりではない、一流のカメラマンや、優秀な助監督や監督も、おいそれと集められるだろうか？　……などと考えたら、私の気分は暗くなりはじめて、……そうはいっても、しかし、……ああでもない、こうしたらどうか？　などと古老の私が、演出家ぶって、いや、映画監督ぶって考えている自分自身に気づき、私は久しぶりに若返ったような、何とも愉しいひと時を過ごすことができからとても嬉しかった。

……そうはいっても、政治をおろそかにしているわけではないし、格言どおりに長期政権は必ず腐敗すると言われている通りに、安倍政権も全く同様の感じを私はもってもいるし、……「桜を見る会」の前日に開いた夕食会の費用補填の708万円についての説明だけは議会の喚問で、安倍晋三元総理の口から説明を聞きたかったが、凶弾に倒れるという不慮の事件で、それもできなくなってしまったから残念でならない。

世上での関心事は、すでに世界の感染者5億5351万5340人で、死者634万7474人の死者が出ていて、国内の死者数は3万1408人も出ていて、コロナ禍の今後の推移だろうが、……いや、それればかりか、ロシアのウクライナへの侵略戦争も激しさをます一方だし、両国ともに終戦の気配など見せてもいないし、激しくなるばかりで、先が見えないし、……それに、そう、地球上では、旱魃、地震で他民族が苦しんでもいるし、……私は朝から落ち着かず、立ったり座ったり、杖を突いて廊下を行ったり来たりの繰り返しで、ふと、パソコンに向かって創作活動をしなければ、と気がつき、パソコンのキーに指を触れたが、急にパソコン操作をやめてしまい、……暫くすると、何とも言うに言われぬ不安感に駆られながらも、数行の打ち込みをしたが……それもやめて、立ち上がったり、座ったりを繰り返していて、「今日は、パソコンでの創作を中止する」と声を出して、自分自身に言い聞かせる始末だったから、……何と馬鹿げた古老の創作活動なのであろうか、とおもい悲嘆に暮れた一日であった。

……さて、テレビの画面で、靖国神社の能楽堂脇の標本木を気象庁の役人が、ソメイヨシノの開花予報をするために現れるが、……昔、私がボーイスカウトの隊員だった時代が想い出されてくるのだった、……そう、それは、靖国神社の春秋の例大祭で、私たちはボーイスカウトの衣装を身に纏い、腰に束ねた白い綱を下げた私は、多分、青山尋常小学校の五年生のころであったとおうが、参詣人の行列整理に朝から駆り出されて、夜間は焚火の明かりが並ぶ誘導路を進む年老いた参詣人たちの交通整理をしている自分が、私の記憶に蘇ってきたが、……当時、参詣人の母や妹や老婆たちの嘆き悲しむ顔が、私の面前をゆっくり通り過ぎていき、……今おもうと、もっと優しく接してあげればよかったと悔やまれてならないが、……そう、宗教、国家神道、靖国神社問題（＝1978年にA級戦犯の東條英機ら14名を、昭和殉難者として合祀したため、中国や韓国から激しく批判されたことは忘れてはならいし、……であるから、千鳥ヶ淵に無名戦没者の約910000柱を祀る、国立の千鳥ヶ淵戦没者墓苑ができたのであるが、……それはそれとして、いま、私の頭に蘇ってきたのは、ガキの頃の遊びの一つであった……そう、それはガキの私たち三人が竹竿を脇に抱えて、外苑の銀杏並木の前のコンクリートの広場で、肉弾三勇士ごっこの遊びをしたことで、……その始まりは、三人の陸軍勇士が爆薬を詰め込んだ太竹を抱えて、鉄条網に守られた敵地に押し入り、その爆破が発端で、第一次上海事変が起きて、ほどなく第二次蘆溝橋事件へと発展していき、日中戦争の全面化に繋がる上海事変へと発展したのだが、私の父親もシナ事変へ、運転免許証を取得していたから、輜重兵《しちょうへい》として出征して、闘ったのだということを、私が知ったのも、このガキの頃であったが、当時の肉弾三勇士の美談の内容は、お国のために、21歳の若い兵士たちの自己犠牲の美談として、上官とども肉弾三勇士として讃えられていたのだったが、……戦後に見つかった三人の上官の日記には、部下を思う後悔の念がつづられていたことを知り、私は改めて驚き、……ああ、当時の軍国主義は、日本の領土拡張のためなら、美談までも捏造して若者を鼓舞して戦争へ駆り立てるのだと改めて驚き、……そう、軍国主義の非情さを、私は改めて考えてみたい、とおもったのだが、……いや、それよりなにより、現実問題のこの新型コロナウイルスの猛威は、日本はじめ全世界が、死に瀕していると考えると、いや、それを敢えて誇張していうのなら、白亜紀末・6550万年前、巨大隕石の衝突で、飛び散った噴煙で長い間、太陽を遮断したから、恐竜やアンモナイトなどが絶滅してしまったように、コロナウイルスで人類もまた絶滅の危機に晒されているから、深刻な問題とみるべきかもしれないし、……それだから、これを誇張していえば、「細菌による疑似ハルマゲドンの戦い」とみるべきなのかもしれないし、いや、それに加えて、……ああ！　……もうよそう、悲観的な考えはやめよう！　……そうおもった私は、明るい話はないものかと、考えていると、……よたよたと不自由な足を動かして、コーヒーを運んできてくれた85歳の妻に、感謝の意味で作り笑いをして見せて、「ご苦労さん」と言ってやったのであった。

＊

5月5日（こどもの日）の午後2時42分ごろ、私は自分の足元に揺れを感じたので、慌ててテレビを点けてみたら、震源地は能登半島で、2020年12月から地震活動が活発化しているらしい、と私はテレビの報道番組で知った。

5月11日早朝、枕元に置いたアイフォンで地震警報を知り、私は応接間のベッド代わりのソファーで飛び起きて、慌てて卓上のパソコン画面を開いてみたら、例の枯葉音のオノマトペが早鐘のように私の耳元でも鳴っているから、……私はラージマンさまに地上の不安を訴えたくなり、洞窟へ駆け下りて行ったら、

「おお、世部善人ではないか？　何事が地上であったのか、申してみよ！」

私は息が切れていて、治まらずにハーハーと息継ぎをしていたら、

「世部善人よ、落ち着け！」

「……」まだ、私は言葉が出ないで息継ぎしていたら、

「ロシアがウクライナに原爆投下でもしたか？　……そうではあるまい！　お前は何にそのように脅えておるのか？　それを申してみよ」

「私はハルマゲドンの予知夢に苦しめられてばかりいて、安眠できずに苦しんでいまして、……目覚めても、トイレへ行くのが、怖くて、怖くて……」

「おーそれはだ、な！　お前の心に何か疚《やま》しいことがあるからだぞ！　……『世界保健機構（WHO）の事務局長が、コロナ緊急事態終了を宣言』というグッド・ニュースが発表されておるではないか！　……それなのに、弱虫、臆病者！　とっとと帰れ！」

ラージマンさまの逆鱗に触れ、洞窟の底から逃げ帰るために、駆け上りながら、考えたことは、……そう、ラージマンさまは、図体がデカイし、頭脳も大きいから、即断即決で

事件処理も俊敏にできるのだろう？　などと考えて、……いや、それは違うぞ！　そう、あのノーベル賞受賞者の天才的理論物理学者・アインシュタインの脳は、平均より小さかったそうだ、と何かの本で読んだ記憶があるから、その推断はまちがいでは？　などと私の自問自答はつづいた。

ところで、白髪混じりで義眼の、笑いを忘れた鬼教官の風間公親指導官を、名優・木村拓哉のテレビドラマの最新作（フジテレビ放送）を観た感想を、元演出家の私が率直に述べてみたい、……『教場0』には、なんとも不思議におもえたことがある。それは、音響効果（＝S・Eか、B・Gか、それとも両方であるのか）についてなのだが、単に雰囲気を盛り上げるための音響なのか、主役の心理を強調させるための効果音なのか、それ以外にドラマそのものを強力に盛り上げるための、主題曲に代わるものなのか、その両方を強調するものなのか、などとおもって私は苦しんだのだが？　なんとも音量が高すぎて、時には意味のない耳障りな音にしか聞こえなかったりして、私は理解に苦しんだ。

それは（BGMを使わず、演出の家の独自の視聴者への心理的音響（＝？）の強要にもおもえたし、……ヨルの9時からの放送という時間を考えると、画面も内容もあまりにも暗すぎないだろうか！　……だから、私はまったく馴染めなかったし、視聴者（＝老人たち）にしても、煩《うるさ》い雑音としかとらない視聴者もさぞかし多かっただろうし、あまりにも強引過ぎて、荒っぽく感じた私はじめ視聴者も、少なくなかったに違いないともおもえたが、……私が感じたことを率直に吐露すると、ドラマ・リアリティーを削ぐ感じがして私は、馴染めなかったし、……その強引な演出意図は何か？　……私は理解に苦しむばかりだったし、納得できなかった。

こうも言えようか？　雰囲気を盛り上げる演出者の独りよがりな独断が、引き起こしたあまりにも高音量が逆効果で、耳障りに感じてならなかったし、私は強引な演出家の独断音響ではなかっただろうか？　ともおもい、落胆したのであり、……私は名優・木村拓哉の出演作品だから大いに期待していただけに、私の落胆は大きかった。

『教場1』も観たが、私はいずれもサウンド効果（＝S・E）を少し無謀に使ってはいないだろうか？　……そう、主人公の心理的な表現としての効果音か、雰囲気を強調するための単なるS・E（効果音）なのか、いずれにしても音が高すぎて、耳障りになるシーンもあったし、……そう、今、私の頭に不意によぎったのは、日本テレビ『しゃべくりVS』の木村拓哉の番組内で、確か、上戸彩とのホームドラマだったとおもうが、子役の高橋君の「僕なんか、いなくなればいいのだ」との私言を咎めて、当時の主役・木村拓哉君が高橋君をやさしく説教をしていたということを、長女・史から聞き、私はその気配りに感動したことがあったたし、名優・木村拓哉は、事程左様に、極めて情に篤い男なのである証左ともいえよう。

2023年5月6日（土）朝日新聞によると、5日午後二時に石川県珠州市に震度6強の地震があり、M6・5で、一人死亡、23人がケガ、とあり、心配だが、……そのほか私が感じる、もやもやは、あの「桜を見る会の事案の追求」が遅い、と私は苛立っていたのだが、……いやいや、私は忘れていたわけでは決してないが、それはそれとして、先に、ショッキングな地震の発生のほうに触れることにしたのだった。

*

5月29日ヨル9００、『風間公親教場0　#8闇中の白霧…毒より怖い毒？　仮面の下に隠された罪と孤独』木村拓哉　白石麻衣ほか、を観たところ、S・Eが控えめになっていて良かったが、ドラマの内容の進行が（＝シナリオ）が入り組んでいてというよりも、複雑すぎないだろうか、あまりにも登場人物と事件とに複雑なアヤがあって、これがヨル9時から放送するテレビドラマの運び（＝内容と進行）として最善であったのだろうか、どうか？　テレビという一過性を考えると、疑問（脚本家の独りよがりな組み立て）が残ったとおもうし、私個人としては、今後、名優の木村拓哉が、この路線で進むのは、正直、大反対であるし、もっと明るい（黄昏までも含む）男性の感動ドラマの企画立案者が、現れて、名優・木村拓哉の魅力を十分活かしてほしいともおもった。

ささてさて、新型コロナウイルス感染者（2月24日午前0時）国内確認・３３１５万７７２１人（＋６５１２人）、死者7万２１３４人（＋83）重症１８７人（11）減少傾向か？……そう、第八波オミクロン株、死者急増？……コロナは五類に移行され、マスクをするか、否かは個人の判断に委ねられた、というグッド・ニュースが聞かれ、私は久方ぶりに気分爽快に一日を過ごすことができた。

私が応接間兼仕事場で、スクラップ帳を調べていたら、朝日新聞12月22日水曜日・冬至、朝刊トップ記事「死者最悪19万９０００人想定、日本海溝の大地震・北海道・東北で」という見出しで内閣府は公表し、「対策すれば8割減」と書かれてあった。

また、日本海溝の大地震域（Ｍ９・１）及び千島海溝域（Ｍ９・３）のいずれの地震も津波による死者がほぼ全てを占めていて、「避難への意識を高めておくことが重要」と記されてあった。

私にとっての緊急通報ダイヤル110番は、つまり北軽井沢の鬼の泉水の枯葉音の、コリン、コリン、コンコリンと鳴るオノマトペの音のようでもあり、その速度が、より緊急性を高めることになっているらしいのだが？……。

そもそも私の飛翔の始まりは、枯葉の呟き？　いや、つまり、……そう、耳で鳴る、コリン、コリン、コンコリンが、突然、胸の奥から囁きのようにはじまるが、それが時には、自分の不満の呟きに聞こえるときがなくはないが、いきなり、コリン、コリン、コン、コリンと鳴る擬音語？　と同時に始まるから、その前ぶれなどは一切ないし、……そう、強いて言えば、何か？　そう、私の危機感と同時であるようにもおもえるし、気がついたら、私のいる位置が、都内・世田谷の創作机から、いきなり北軽井沢の鬼の泉水の別荘に変わっているということもあったりして、意識が先か、心の中のオノマトペの擬音語が先か、厳密な判断は難しいし、それを考えてみたところで徒労に終わるだろうから、私はやらずにいるのだった。

その夜、夢を見たのは、……そう、それはラージマンさまのいる日本帝国が、戦前、警察署の地下に設置されていたといわれる拷問室や嘘発見機や自白させる小道具類（錐《きり》やガスバーナー）などが、どこにも見当たらないという夢であったのだが、……目覚めて私が考えてみると、ラージマンさまの面相の睨みさえ利かせれば、そのような拷問小道具などは必要なかろう、と私は気づいたという内容であったし、……そう、そう、一瞥されただけで、私は震え上がるのに、怒り心頭のラージマンさまの顔など一目見たら、私はきっと失神してしまうだろうから、想像などもしたくない。

２０２３年3月14日（火曜日）朝日新聞の朝刊——「袴田さん　再審決定」の横見出しに、目をやり、私は慄然とした。

57年前、味噌製造会社の専務一家４人が殺害された事件で、死刑が確定した袴田巖（87歳）さんが再審に決定したが、冤罪と救済に時間がかかり過ぎではないのか？……捜査側の捏造の可能性が極めて高い！　……ともいう事件から、57年間も死刑囚として42年もの間、生きつづけ、唯一の自白調書も価値否定とあるし、これから先どうなることか、……「大江健三郎さん死去、88歳、ノーベル文学賞　反核訴え」との記事になっていた。

＊

翌週、同紙の朝刊、3月21日（火曜日）には、こんな見出しがあった。

「袴田さん　無罪へ」の横見出し、と、「検察側　特別抗告断念」の縦見出しを見て、私の胸は、喜びに満たされたが、反面、日本の検察庁のほうに恐怖を覚えたし、……え、え?

いきなり枯葉音のオノマトペが、激しく胸中で鳴り出したから、これはきっと、ラージマンさまが私をお呼びだと直感し、駆けだしたのだった。

洞窟の広場の脇息椅子で、ラージマンさまは、経典を手にして瞑想中であったが、私の駆け込みに両目を開くと、ゆっくりと言葉を吐いた。

「世部善人よ、わしがお前を呼びつけた訳がわかるか?」

「……? わかりません」

「世部君よ、死罪が確定した死刑囚の袴田さんが再審決定になったことは知っておるだろうが?」

「はい、捜査側の捏造の可能性が極めて高いらしく、無罪の公算大のようですね、ラージマンさま」

「それだけであるか?」

「え?……ほかに? 何かが……」

「お前は、直感力、推理力、が鈍いぞ! わしの心が読めんのか! ……バカモン! わしの顔を直視して、こら、目線を外すな! お前はなんと臆病モンか!」

「……？」

「よいかな？　よく聞くのだぞ！」

「は、はい……」

「この日本国家は、だな、ヨーロッパの民主主義国家並みに死刑制度廃止国にならなければならんということなのだ！　そしてジェノサイド的手段ともいえる殺戮が、ロシアのウクライナ侵攻から一年が経過しておるが、絶えることがないし、そう、停戦の気配さえないどころか、原子爆弾の使用をちらつかせてもいるプーチン大統領は、人間の皮を着た爬虫類の一種かも……あ、あ、ワニか、トカゲの類かもしれんぞ？」

「え？　ラージマンさま、トカゲですか？　人間ではなくて？」

「世部よ、君には比喩的表現がわからんようだな？　つまり仏教でいうところの赤鬼青鬼の類いにすぎんということだ！　よく心得ておけ！　世部善人よ、……更に言うなら、今、現在、偽のプーチンが三人ほどもいると言うではないか！　世部よ、注意せよ！」

「は、はあー（武田信玄の影武者みたいだ？）」

「下を見ないで、わしの目をみよ、でないと誓約にはならんぞ！」

「恐れ多くて、そんなことはできません」

「早よ、ワシの面を見て誓え！」

私は怖くなって、ベッド代わりの応接ソファーの上で、羽毛布団を蹴り、飛び起きたら、びっしょり寝汗をかいていた。

*

そう、……これから先は？　と私が考えたら、……主として私の頭に浮かんだのは、鈴木エイト氏の著書『自民党の統一教会汚染・追跡3000日』と『同山上徹也の伝言』との二冊を参考にして話を進めるのがベストだと、と私はおもった。

……敗戦後の日本国が、共産党一色の独裁国家にならずに済んだのは、岸信介氏、佐藤栄作氏、安倍晋三氏たちの努力のお陰ではあるが、反面、自民党自体が統一教会に汚染されたからでもあると考えると、私はなんとも複雑な気持ちになってきて、……そう、暗黒国家にいるような気持ちにさえなってきたし、……それは統一教会教祖・文鮮明さまへの膨大な献金（毎年日本から300億円以上）があったことを知らされ、その上、家庭が崩壊し、今もなお、二世信者として苦しんで生きている人たちが大勢いると考えるだけでも、私は胸が苦しくなるし、なんとも申し訳ない気持ちにもなってくるが、……早速、鈴木エイト氏の著書から引用してみると、1954年に韓国で教祖・文鮮明が創設した統一教会（世界基督教統一神霊協会）は、58年に日本へ進出、翌59年に日本統一教会が設立され、64年に宗教法人の認証を受けていて、……教団は反共産主義を掲げる関連政治組織・国際勝共連合（1968年から）を通じて自民党を中心とする保守派の政治家に接近し、秘書や運動員を派遣するなど活発な政界工作を行った、とあり、……その負のレガシーは菅政権へ引き継がれ、その菅政権で結びつきはより強固なものになる、と254頁に書かれてあるから……私は思案に暮れたし、……さらにいうなら、同著の222頁に戻ると、こう記述されてもいて、……流出した教団内部資料によって2018年まで毎年300億円以上のお金が日本人信者から韓国の教祖一族へ上納されていたことが判明している。

霊感商法最盛期の2000年代前半には1000億円が納められたとも指摘されている。こうして日本人から集めたお金が教団中枢や関連企業群を支えているのだ、とあり、私はじめ多くの日本人は、どうして？　こんな霊感商法にまきこまれて献金病に罹ってしまうのか、という疑問をもつだろう？　……その点については、鈴木エイト氏の著書にはこう書かれてある－なぜ日本人信者はエンドレスで苛烈な献金ノルマに追われ、生活に困窮しながらも唯々諾々とお金を納めるのか。なぜ合同結婚式で韓国人男性とマッチングされた日本人女性信者は、韓国の寒村へ喜んで嫁いでいくのか。それは日本人信者が韓国への贖罪意識を植え付けられているからに他ならない。その究極の狙いは、韓鶴子総裁及び韓国人幹部へ隷属させることにある。

尚、同書の1を読むと、統一教会関連の悲惨な信者の家庭や、その二世たちの悲惨な記述が偲ばれてきて、……そう、事実、8年前、古老の私が、急性心筋梗塞になり、意識不明で救急車に乗せられ、国立医療センターへ運びこまれるや、即刻カテーテル手術を受けたのだったが、……そのときのような暗い不安な気持ちにさせられたのだった。

2023年3月14日（月曜日）朝日新聞・朝刊の一面トップのヨコ見出しは、「袴田さん再審決定」とあり、タテ見出しは、「捜査側が捏造可能性極めて高い」とある。

強盗殺人罪などで死刑が確定した袴田巖さん（87歳）の釈放について東京高裁（大善文男裁判長）は、13日、裁判をやり直す再審開始を認めた静岡地裁決定を支持し、検察側の即刻抗告を棄却する決定を出した。犯行時の着衣とされた「5点の衣類」について、捜査機関が捏造した可能性が「極めて高い」と述べた、とある。

▼2面＝血痕の変色決めて、14面＝社説、35面＝決定要旨、37面＝姉の願い、とあって、47年超の拘禁で精神を病み、87歳になった袴田さんを、なお死刑囚の立場に置く正当性は

あるのか。検察は理念に立ち返り、特別抗告を受け入れるべきだ、と視点に書かれてある。(千葉雄高)。

それに、袴田巖さん無罪への写真の下に、大江健三郎さんの写真があり、その横に、「大江健三郎さん死去88歳、ノーベル文学賞、反核訴え」との縦文字の見出し文字が、私の目を強く惹いたし、……古老の私にとっての今日のこの一日は、感慨深い一日になるだろう、としみじみとおもったのだった。

また、オノマトペの枯葉音が、私の鼓膜で激しく鳴りだしたから、ラージマンさまのお呼びに違いないとおもい、例の洞窟の底に向かって走っていたら、私は、なぜか、おのずと国定忠治の台詞を想い出し、……「加賀の国の住人、小松五郎義兼が鍛えた業物、万年溜めの雪水に清めて、俺にゃあ、生涯、手前という強え味方が、あったのだ!」と辰巳竜太郎の十八番の口跡を私は真似て呟きながら、……やっと、洞窟の底にたどり着いた。

丁度、脇息で瞑想中のラージマンさまだったから、慧眼が開眼するまで、私は待つことにしたのだった。

これから先の私の記述は、主として戦後の日本の政治についてであり、ことさら自民党議員の戦後責任と歴史認識を問い糺すことになるだろうが、……さて、話は遡り、特記すべきは終戦直後、元首相の岸信介氏が米大統領に送った「統一教会首領」の釈放嘆願の親書とは何か?、であり、……このことについても、鈴木エイト氏の著書の『自民党の統一教会汚染』の第十六章統一教会と米歴代大統領との蜜月——から引用させてもらうと、—ここでアメリカ元首脳たちの~汚染~ぶりにも触れておこう。歴代大統領で最も文鮮明と〝密接〟だったのは〝父ブッシュ〟ことジョージ・H・W・ブッシュだ。ジョージ・H・W・ブッシュはCIA長官だった1976年に発覚したコリアンゲイト事件の際も、統一教会に対する対応を一切取らなかったことで知られる。

ジョージ・H・W・ブッシュは大統領退任後の1996年、文鮮明がブエノスアイレスで開いた新聞紙創刊イベントに来賓として招かれ、ワシントン・タイムズと文鮮明を賞賛。文鮮明と共にウルグアイを訪問し、日本から派遣されていた約4000人の女性伝道師のセミナーに参加した。——とあり、私は驚きを禁じ得なかった。

＊

枯葉のオノマトペが鳴ったような気がしたので、私はラージマンさまのお呼びかとおもい、洞窟の底へ急いだ。

「お！　やはり、お前は、ワシの気持ちを察して、やってきおったな、……世部善人よ！

これからお前に説教を施してやるわい！」

「は？　はい、お願いします」

「おお、……では、はじめるぞ！　世部善人よ、……日本国民は、戦前も戦中も戦後も、決して一流国家の国民ではなかった、ということを再認識しなければならん！　……戦前、戦中は好戦的な国民だったし、……そう、１９８９年の国連の死刑廃止条約に、日本国は批准していないのだぞ！　だから死刑制度が未だに存続しているという三流国なのだといっても言い過ぎではなかろう！……死刑判決が再審で無罪となった事件は過去４例のみと言われているが……袴田さんの事件を入れると、５件にもなる……そんな日本国の日本人は、未だに大都市以外は紙と木の貧相な住宅が多い貧しい国でもあるが、……そればかりか、いっとき産業の米といわれていたメモリー・カード（半導体）の生産が、世界一位を誇った時期もあったが、いまは他国に追い抜かれるという情けない国になり下がってしまっているし、……いや、そればかりか、世部善人よ、大問題は人口減少に歯止めがかからない国なのであるぞ！　なす術がない凋落国になりつつある、と言うべきかしれんのだぞ！　これを認めずして、世部よ、どうする？　……善人よ、君ならどうする？　またもや、軍事大国化する予算を組んでしまい、日本国のすでにある膨大な赤字は、一体、どうするつもりなのか？　……これからは、君らは世界の中の日本という視野に立ち、日本国のことを、日本の将来のことを考えて生きつづけねばならんのだぞ！　……世部善人よ、適菜収氏の著作・『安倍晋三の正体』という祥伝社新書を読んだことがあるか？」

「いいえ、ありません」

「日本を〝破壊〟した男の３１８８日ダメにした男だ、……安倍晋三の、北朝鮮拉致被害者の家族会は、安倍晋三被害者の会ともいえるが、……そう、関係者が高齢化する中、問題は長引いたまま。安倍は拉致問題を利用して名前を売ってきたが、ロシアとの北方領土問題の交渉は完敗、……というか、大きく後退し、領土交渉も完敗し、拉致被害者は安倍政権下では一人も帰ってこなかった、……などと辛口で書いてあるから、よく読んで勉強し給え！」

「は、は、はい！」

「……それに世部善人よ、今後、わしのおるこの金輪際には二度と顔を出すな！　いいか！……わしの説教はこれにて終わるが、……お前のことは、村上十七という古老によく話しておいたから、……安心しろ！　……では、これにて、サラバじゃ！」

ラージマンさまは消えていた。

私はにわか作りのパソコン創作机の上で、うつ伏せで居眠りをしていたらしく、肩を叩かれて、

「村上十七さん、村上さん、風邪をひきますよ」と声を掛けられた。

目を開けたら、傘寿過ぎの妻の康子の笑顔があった。

完

＊

最近、週刊誌、雑誌やテレビなどで、木村拓哉ほかタレントが所属するジャニーズ事務所の、故ジャニー喜多川の性加害問題が取り上げられ、ただならぬ騒動が起きていて、世界的問題に発展し、社長の藤島ジュリー景子が辞任し、東山紀之新社長が就任したが、……経済同友会新浪代表幹事の「真摯に反省しているかどうか、大変に疑わしい」との発言などもあり、……果たしてどうなるか？　……私は社名変更して、性加害を受けた被害者たち全員の納得がいくまで、補償問題に取り組んでもらいたい、と切にお願いしたいし、私自身も厳しい目で見守りつづけていきたいとおもう。

私はかねがね五十歳になったら、サラリーマンを辞めて、映像制作会社を創る夢を抱いていたから、その実行のために定年前にテレビ東京を退社することを、内心決めていたので、四月に演出局長へ昇進するという内示を受けた際に、局長への昇格を辞退したところ、重役会議で話題になり、職制はともかくも待遇での理事への昇進は受けたらどうか、と日経からの天下り重役たちの強い勧めもあったから、私はそうすることにした。

それ故、一年後に私は演出局長に就任し、全民放全局参加の二度目のマンモス番組『ゆく年くる年』のＧＰに再び任命されてしまったが、なんとかそれも無事に放送を済ませ、その年の秋に、私は退職したのだった。

＊

43年前、私が50歳で退職後、テレビ東京演出局内で配られた古い通知書を、今、私が手にしている。見ると、【左記の通り、若井田恒さんを励ます会を開催いたします。ふるってご参加下さい。出欠のご通知は世話人までご連絡ください】とある。
謹啓　歳末ご多用の折、貴方様には益々ご清祥のことと拝察いたします。

さて、皆様ご存知の若井田恒氏は九月末を以って東京12チャンネルを円満退社いたしまして、この度、ワカイダ・プロダクションを設立しました。

テレビ朝日をふりだしに、東京12チャンネルで開局以来活躍された男・若井田の独立を励まし、友人知己相集いまして新しい門出を祝いたいとおもいます。

万障お繰り合わせの上ご出席いただきたくお願い申し上げます。

○「若井田恒さんを励ます会」

日時　昭和五十五年十二月二十五日（木）午後六時から八時まで
場所　東京プリンスホテル2Fサンフラワーホール
会費　八千円
発起人　相澤秀貞　青木伸樹　内村直也　大留昭夫　大山勝美
加納亭一　岸部清　北代博　国保徳丸　三枝孝栄　志賀信夫
島田親一　ジャニー喜多川　周防郁夫　高橋圭三　田島正蔵
田辺昭知　永沼一郎　長良淳　西川宗明　西川幸男　平井賢
堀威夫　松林清風　水上勉　村木良彦　矢萩春恵　和田勉
渡辺晋　（アイウエオ順）

世話人　山本政則　遠藤慎介　森川光男　金子明夫　古田明
工藤忠義　長沼章　板倉基　石光勝　棟武郎　高柴正雄
※特記：この発起人欄に、私と台本作成や共同演出などで汗をかいた大島渚監督の氏名がないが、大島さんは会場に駆けつけてくれて、開会後すぐに壇上で私を励ます挨拶をしてくれた。

★参考文献

『東京朝日新聞』１９３０年発売号　朝日新聞社
『週刊朝日』朝日新聞社
『ＣＩＡ秘録　上・下』ティム・ワイナー　文春文庫
『世界　２０２２年12月号』（カルト・宗教・政治）岩波書店
『陸軍中野学校の光と影』スティーブン・Ｃ・マルカード　芙蓉書店出版
『週刊文春　２０２２年8月18・25日　夏の特大号』文藝春秋
『自民党の統一教会汚染　追跡３０００日』鈴木エイト　小学館
『自民党の統一教会汚染2　山上徹也からの伝言』鈴木エイト　小学館
『旧約聖書がわかる本』並木浩一・奥泉光　河出新書
『虚言列島』若井田恒　岩波ブックセンター
『日本史年表』監修・山折哲雄、編著・地人館　朝日新聞出版
『腹黒い世界の常識』島田洋一　飛鳥新社
『安倍晋三　回顧録』安倍晋三　中央公論新社
『「安倍晋三　回顧録」公式副読本』ノンフィクション編集部　中央公論新社
『安倍晋三実録』岩田明子　文芸春秋
『池上彰の日本現代史　集中講義』池上彰　祥伝社
『安倍晋三の正体』適菜収　祥伝社新書

『岸信介・権勢の政治家』原彬久　岩波新書
『古代史の研究　「神代史の研究」及び「上代の研究」』津田左右吉　毎日ワイズ

著者プロフィール

村上 十七（むらかみ じゅうしち）

本名：若井田恒、演出名：若井田久
1930年、東京府東京市赤坂区青山南町二丁目に生まれる。慶應義塾商工学校へ入学したが、太平洋戦争のため、母の実家に疎開し、県立臼杵商業学校を卒業。三年間浪人生活を送り、その後日本大学芸術学部首席につき優等生総代となるが、その年は映画の助監督の募集がなく、不本意ながら、大映多摩川撮影所特撮課に入所する。
1958年、日本教育テレビ（現・テレビ朝日）に入社後、開局を迎え、テレビドラマ演出を多数手がける。1964年、開局２カ月前に東京12チャンネル（現・テレビ東京）に副部長として移籍し、テレビドラマやテレビドキュメンタリーの制作を担当し、78年に演出局長に任命される。80年、同社退社後にワカイダ・プロダクションを設立し、現在に至る。
☆著書：『七夕ナナちゃん』『おしゃかさま絵物語』『源氏物語の悲劇』『宇宙をさ迷う紫式部』『闘志燃ゆ　テレビ・マンの実録』『映像遍歴』『快楽・源氏物語』『星新一を追いつづけて』『虚言列島』
☆受賞：『未知への挑戦』テレビ記者会奨励賞、『人に歴史あり』テレビ大賞（三度受賞）、『金曜スペシャル　未帰還兵を追って』（今村昌平監督）テレビ大賞
☆1975年と80年の二度、全民放最大のマンモス・ネット番組『ゆく年くる年』のゼネラル・プロデューサーとして担当する。
☆所属団体：テレビ東京社友、日本映画テレビ・映画プロデューサー協会会員、日本音楽著作権協会会員

戦前派の私が見た戦後派の安倍晋三と木村拓哉

2024年６月１日　初版第１刷発行

著　者　村上 十七
発行者　瓜谷 綱延
発行所　株式会社文芸社
〒160-0022　東京都新宿区新宿1－10－1
電話　03-5369-3060（代表）
03-5369-2299（販売）

印刷所　株式会社晃陽社

ISBN978-4-286-25453-1

料金受取人払郵便

新宿局承認

2524

差出有効期間
2025年3月
31日まで
（切手不要）

郵便はがき

1608791

141

東京都新宿区新宿1－10－1

（株）文芸社

愛読者カード係 行

ふりがな お名前		明治 大正 昭和 平成 年生 歳
ふりがな ご住所	□□□-□□□□	性別 男・女
お電話 番 号	（書籍ご注文の際に必要です）	ご職業
E-mail		

ご購読雑誌（複数可）	ご購読新聞 新聞

最近読んでおもしろかった本や今後、とりあげてほしいテーマをお教えください。

ご自分の研究成果や経験、お考え等を出版してみたいというお気持ちはありますか。

ある　　ない　　内容・テーマ（　　　　　　　　　　）

現在完成した作品をお持ちですか。

ある　　ない　　ジャンル・原稿量（　　　　　　　　　　）

書　名			
お買上 書　店	都道　　　　　市区 府県　　　　　郡	書店名	書店
		ご購入日	年　　月　　日

本書をどこでお知りになりましたか?

1.書店店頭　2.知人にすすめられて　3.インターネット(サイト名　　　　　　　　　　)

4.DMハガキ　5.広告、記事を見て(新聞、雑誌名　　　　　　　　　　)

上の質問に関連して、ご購入の決め手となったのは?

1.タイトル　2.著者　3.内容　4.カバーデザイン　5.帯

その他ご自由にお書きください。

(　　　　　　　　　　　　　　　　　　　　)

本書についてのご意見、ご感想をお聞かせください。

①内容について

②カバー、タイトル、帯について

弊社Webサイトからもご意見、ご感想をお寄せいただけます。

ご協力ありがとうございました。

※お寄せいただいたご意見、ご感想は新聞広告等で匿名にて使わせていただくことがあります。

※お客様の個人情報は、小社からの連絡のみに使用します。社外に提供することは一切ありません。

■書籍のご注文は、お近くの書店または、ブックサービス(0120-29-9625)、セブンネットショッピング(http://7net.omni7.jp/)にお申し込み下さい。